Robert Vischer

Ueber das optische Formgefühl: Ein Beitrag zur Aesthetik

Antigonos

Robert Vischer

Ueber das optische Formgefühl: Ein Beitrag zur Aesthetik

Unveränderter Nachdruck der Originalausgabe von 1873.

1. Auflage 2024 | ISBN: 978-3-38635-140-9

Antigonos Verlag ist ein Imprint der Outlook Verlagsgesellschaft mbH.

Verlag: Outlook Verlag GmbH, Zeilweg 44, 60439 Frankfurt, Deutschland, info@outlook-verlag.de
Vertretungsberechtigt: E. Roepke, Zeilweg 44, 60439 Frankfurt, Deutschland
Druck: Libri Plureos GmbH, Friedensallee 273, 22763 Hamburg, Deutschland

Ueber das

optische Formgefühl.

Ein

Beitrag zur Aesthetik

von

Robert Vischer,
Dr. phil.

———— ✦ ————

LEIPZIG.
Hermann Credner.
1873.

»Was aber schön ist, selig scheint es in ihm selbst.«

EDUARD MÖRIKE.
Auf eine Lampe.

Vorwort.

Die Anregung zu der vorliegenden Arbeit ist hauptsächlich von
jener Erörterung über die reine Form ausgegangen, welche mein Vater
zum ersten Mal in der Kritik seiner Aesthetik (a. 1866) * in bestimmter
Weise an die Spitze der ästhetischen Frage stellt. Soll es nämlich, wie
er gegen die Herbartische Schule geltend macht, eine inhaltslose Form
überhaupt nicht geben, so müssen diese kein eigenes Seelenleben darstellenden Formen, auf die sich jene Schule mit einem Scheine von
Recht beruft, als solche nachgewiesen werden, welchen wir, die Be-
schauenden, dennoch vermöge eines unwillkürlichen Actes der Ueber-
tragung unseres eigenen Gefühles einen seelenvollen Inhalt zuschreiben.
In seiner Aesthetik ** selbst hatte er diesen Formbegriff nur gelegentlich
angedeutet, z. B. in der Baukunst *** (a. 1851), ebenso in der Lehre
vom Naturschönen (a. 1847), woselbst er die ästhetische Wirkung aller
anorganischen Erscheinung, — auch des ersten Organischen, der Pflanze,
also des ganzen Landschaftsgebietes aus einem ahnenden Leihen, einem
unbewussten Unterlegeu von Seelenstimmungen † erklärt. Nun aber
stellt er diesen Begriff scharf heraus und entwickelt ihn unter dem
Namen *„Formsymbolik“*. Er bezeichnet dieselbe als ein »inniges Ineins-

---

* Fr. Th. Vischer. Kritische Gänge. N. F. 5. Heft.
** Fr. Vischer. Aesthetik oder Wissensch. des Schönen. Mäcken 1846.
*** „ „ „ „ „ „ „ § 561.
† „ „ Krit. G. 5. Heft p. 140.

fühlen von Bild und Inhalt«, * welches historisch in den Naturreligionen zu einer völligen »Verwechslung« wird. Von dieser unterscheidet sich die im Wesen der Phantasie allgemein menschlich begründete, psychisch nothwendige Formsymbolik dadurch, dass die Freiheit der Einsicht in das eigene Verfahren als ein bloss vergleichendes vorbehalten bleibt.«

Wie kommen wir aber zu dieser tiefen, dunklen, sichern, innigen und doch freien Ineins- und Zusammenfühlung? ** — »Wir werden annehmen dürfen, dass jeder geistige Act in bestimmten Schwingungen — und wer weiss, welchen? — Modifikationen des Nervs sich in der Art vollzieht und zugleich reflektirt, dass diese sein Bild vorstellen, dass also ein symbolisches Abbilden schon im Innern des Organismus stattfindet. Die äusseren Erscheinungen, welche so eigenthümlich auf uns wirken, dass wir ihnen unwillkürlich Seelenstimmungen unterlegen, müssen sich zu diesem innern Abbilden verhalten wie seine objektive Darstellung und Auseinanderlegung; der vorausgesetzten Neigung des Nervs zu den betreffenden Schwingungen kommt das entsprechende Naturphänomen entgegen, weckt sie zur Aktion, stärkt und bestätigt sie und hiemit die in ihr sich spiegelnde Seelenbewegung.« *** »Die verschiedenen Dimensionen der Linie und Fläche, die Unterschiede ihrer Bewegung wirken sinnbildlich; das Senkrechte erhebt, das Wagrechte erweitert, das Geschwungene bewegt lebhafter als das Gerade, gemahnt an Ausbiegung und Einlenkung des inneren Lebens von und zu gegebenen Punkten und Gesetzen.« †

Es ist das ein Thema, vor dem schon Viele stehen geblieben sind, aber immer nur im Vorbeigehen. Den ersten concentrirten Versuch, dieser

---

* Fr. Vischer. Krit. G. 5. Heft p. 141.
** „ „ „ „ „ „ „ 142.
*** „ „ „ „ „ „ „ 143.
† „ „ „ „ „ „ „ 145.

Frage Genüge zu thun, macht J. V. Völker in seiner »Analyse und Symbobik« (a. 1861); * einer sinnigen Schrift, welcher ich mancherlei Aufmunterung und Anleitung zu eigenem Beobachten verdanke. Allein der Verfasser, so rein und scharf gezeichnet ihm auch die Erscheinungen gegenüberstehen, bringt es doch nicht zu einer klaren Abstraktion der Hauptbegriffe, um welche es sich hiebei handelt, um welche sich alle diese Eindrücke drehen. Dessen ist er selber auch in ganz freier Weise geständig (vgl. Vorwort). Uebrigens ist es abgesehen von persönlichen Gründen immer ganz natürlich, wenn solche kühne Versuche, die fast ohne alle Prämissen der Tradition, ohne alle Stützen von Vorgängern gemacht werden, den Charakter eines primitiven, dunklen Wogens der Gedanken an sich haben. Es ist ein etwas trüb gährender Most, ein Sauser, den uns der Verfasser einschenkt. Leider vergisst er zuweilen beim Ausschenken von fremden Weinen, den Flaschen auch ihre »Etikette« aufzukleben **.

Bestimmt ausgesprochen und eingereiht in den Bau der systematischen Aesthetik wurde der Begriff der »Formensymbolik« zum ersten Male von K. Köstlin (a. 1 8 6 2). *** Und besonders ist es der Begriff der »Vorstellungsassociationen«, welcher hier zu Grunde gelegt wird. (S. 321). Der Verfasser weist im Eingange dieser Untersuchung darauf hin, wie in der Musik durch die Klangformen eine lebendig »anklingende«

---

* Anal. u. Symb. Hypothesen aus der Formenwelt. Leipzig. Weigel.

** S. Völkers „Anal. u. Symbolik". S. 127. „Die Religion ist ein Heimweh des Geistes nach seiner Wahrheit und hiemit ist schon die Transcendenz über alles Endliche, sowie die Einigung der getheilten Zustandsmomente des sich Verloren-habens in einen höheren Sammelpunkt als Convergenz begründet". Vgl. Fr. Vischer, Aesthetik. 1. Theil. S. 162. „Die Religion ist ein Heimweh des Geistes nach seiner Wahrheit. Schon dadurch ist die Transcendenz in der Religion bedingt" u. s. f.

*** Aesthetik. Tübingen. Laupp. S. 322—326.

Vergegenwärtigung von »Gegenständen« erweckt werde, welche eben diese (Klang-) Formen »specifisch als ihre Gattungseigenschaft an sich haben«, so dass wir, wenn wir dieselben hören, »diese Gegenstände mitzusehen, mitzuvernehmen glauben können« (»sanfte, milde« Töne gleich geistiger Sanftmuth); ferner wie von der Musik »durch Anklingen an die Vorstellung die Gegenstände indirekt symbolisch nachgebildet werden«. Auch im Anblick der räumlichen Erscheinung ist uns bewusst, dass »schon Eine Form an eine andere erinnern, Symbol einer anderen Formgestaltung sein kann, so Körpergrösse Symbol geistiger Grösse, Bedeutsamkeit, Reife«. — »Alle quantitativen Formbeschaffenheiten erinnern an die ihnen entsprechenden qualitativen, alle sinnlichen an die ihnen entsprechenden geistigen Formbeschaffenheiten.« — »Wie der menschliche Geist lebendig genug ist, um durch Aehnliches an Aehnliches erinnert zu werden, so ist er auch stark genug mit sich selber beschäftigt, auf sich selber gerichtet, sein selber sich bewusst, um namentlich Aehnlichkeiten äusserer Dinge mit seinen eigenen Zuständen, Erlebnissen, Empfindungen, Stimmungen, Affekten, Leidenschaften überall wahrzunehmen, in Allem sich ein Gegenbild von sich, ein Symbol des Menschlichen wiederzufinden.« (S. 325).

Je länger ich mich nun mit diesem Begriffe der reinen Formsymbolik beschäftigte, desto möglicher schien es mir auch, eine Zweitheilung desselben vorzunehmen, von den Vorstellungsassociationen eine direkte Verschmelzung von Vorstellung und Objektsform zu unterscheiden. Das letztere Verhalten wurde mir klar an der Hand von Scherners Buch über »das Leben des Traums.« * Dieses tiefsinnige, fieberhaft im Verborgenen wühlende Werk enthält einen wahren Reichthum von strengen instruktiven Beispielen, welche Jedem, der mit der mystischen

---

* D. L. d. Tr. v. K. A. Scherner. Berlin. Schindler 1861.

Form der allgemein abstrakten Abschnitte nicht sympathisiren will, eine selbständige Ueberzeugung ermöglichen. Besonders die Stelle über die »symbolischen Grundformationen für die Leibreize« * schien mir ästhetisch verwerthbar. Hier wird nachgewiesen, wie der Leib im Traum auf gewisse Reize hin an räumlichen Formen sich selber objektivirt. Es ist also ein unbewusstes Versetzen der eigenen Leibform und hiemit auch der Seele in die Objektsform. Hieraus ergab sich mir der Begriff, den ich Einfühlung nenne. Bald aber sah ich ein, dass hiemit nur ein Theil der Formsymbolik erklärt würde, dass die Wirkung des Lichtes, der Farbe und die Wirkung der blossen Umrisse, der reinen Linie nicht als eine Einfühlung bezeichnet werden, sondern dass hier nur eine unmittelbare Fortsetzung der äusseren Sensation in eine innere, eine unmittelbare geistige Sublimation der sinnlichen Erregung angenommen werden kann. Zugleich wurde ich auf den durchgreifenden Unterschied von sensitiven und motorischen Reizen aufmerksam. Diesen Unterschied stellte ich hierauf als Grundschema an die Spitze und halte hiernach eine sensitive Zufühlung und motorische Nachfühlung, in analoger Weise eine sensitive und eine motorische Einfühlung ** immer streng auseinander. — Und in der Entwicklung dieser Begriffe war es nun mein Hauptbestreben, die geistige Erregung immer genau an und mit der leiblichen zu erklären. So unzulänglich auch die physiologischen Kenntnisse sind, die mir hiebei zu Gebote stehen, scheint mir dennoch die Art ihrer Anwendung selbständig und nicht

---

* D. L. d. Tr. v. K. A. Scherner. S. 114.

** Erst nach Abfassung dieser Arbeit wurde ich auf Lotzes Mikrokosmos (2. Band. Leipzig. 1869. S. 199) aufmerksam gemacht, wo ebenfalls, aber doch ohne systematische Verwerthung, die Rede ist von einer „mitlebenden Versetzung", welche mit einer „verallgemeinerten Erinnerung an die Regsamkeit unseres eigenen Körpers" zusammenhängt. Die S. 200 gebrachten Beispiele passen zu unserem Begriffe der motorischen Einfühlung.

unwerth zu sein, von der sicheren Hand eines tiefer Eingeweihten, eines Fachmanns, weitergeführt und ergänzt zu werden. Wir stehen hier vor einem »Geheimniss, das die Physiologie im Bunde mit der Psychologie aufzuklären hätte«. Es muss nun eben einmal der Versuch gemacht werden und die täglichen, stündlichen Entdeckungen müssen es doch schliesslich zulassen, das »undurchdringliche Dunkel, in welches jene Punkte gehüllt sind, wo Seele und Nervencentrum Eines sind«, * annähernd wenigstens aufzuhellen. Es scheint »unmöglich, aus unseren spärlichen Beobachtungen in diesem dunklen Gebiete jemals ein System aufzubauen«. ** Ich habe nun doch mit Hülfe einiger allbekannten Merkmale unseres Körperlebens eine vorläufige einfache Gliederung des Verhaltens unseres Vorstellungsgefühles vorzunehmen gewagt und hoffe, dass hiemit, obgleich noch so Manches unreif und problematisch klingen mag, ein schwaches Licht auf die dunklen Pfade dieser formsymbolischen Gefühlsgenesis geworfen ist.

R. Vischer.

Stuttgart, den 22. April 1872.

---

* Fr. Vischer. Krit. Gänge. 5. Heft. S. 142.
** „ „ „ „ 5. „ „ 146.

Ueber die Formen der räumlichen Auffassung.

Es gibt ein Sehen ohne besondere Anstrengung, ein blosses Hinsehen, dem nur insofern eine physische Thätigkeit zu Grunde liegt, als gewisse Nervengruppen in Spannung versetzt werden. Und zwar meine ich hier nicht jene punktuelle Concentration des Blickes, wobei wir, von allem Umgebenden abstrahirend, nur diesen Einen Theil des Ganzen, ähnlich wie der zielende Schütze, fixiren. Dies ist abstraktes Zwecksehen und kann hier bloss in dem Grade von Belang sein, in welchem der angeschaute Theil doch hinreichenden Umfang hat, um für die Anschauung als ein an sich selbst unterscheidbares ὄργανον (Stein, Welle, Blatt, Zweig, Busch) zu gelten. Es handelt sich hier um das einfache Aufnehmen des sich darstellenden Bildes, um das gerade, breite, unpoïntirte Vordringen zum Ganzen der Erscheinung; oder, objektiv gesprochen, um den ruhigen Abdruck, um die Photographie des Gegenstandes in unserem Auge. Bei näherer Selbstbeobachtung findet sich zwar, dass hiebei der Akt des punktuellen Blickes allerdings mitwirkt, indem wir, ohne es zu wissen, ein mit seiner Umgebung gänzlich verschmolzenes Centrum einhalten, welches einerseits von unserem Standpunkte (Kopfhaltung, Augenrichtung, Sehwinkel) und anderseits von dem Augenfälligsten im Gegenstande selber (Licht) bedingt wird.

Dieses einfache »Sehen« ist immer ein verhältnissmässig unbewusster Vorgang; denn der erhaltene Eindruck ist noch unbesondert.

Es ist weiter nichts als ein träumerischer Schein vom Ensemble. — Allein hiermit haben wir den nothwendigen Anfang aller concreten Raumerfassung; das ist ja eben die Eigenschaft des räumlichen Objektes, dass es der menschlichen Wahrnehmung als einiges Nebeneinander und daher auch als plötzliche Präsentation seiner Idee erscheint. Unser Leib erhält so mit einem Schlage eine unmittelbare cumulative Einheit von Nervenschwingungen, unsere Seele den ersten ahndevollen Blitz intimer Auffassung. Und wir können hier schon darauf hinweisen, dass dies auch der erste ominöse Schritt aller Kunstanschauung ist: Ein Künstler muss »Blick« haben.

Nun gilt es aber, diese dunkle Ballung des Eindruckes aufzulösen, und sich in ihren Verhältnissen zu orientiren. Dies geschieht, indem wir den Augapfel durch Muskel-Thätigkeit in Bewegung versetzen, indem wir uns die Dinge besehen, indem wir **schauen«**. Das Schauen ist ungleich bewegter als das Sehen, weil es nicht bloss wie dieses auf der naturnothwendigen Spannung nach einer relativen Gesammtheit beruht, sondern mit Anschluss an die einzelnen Dimensionen den Blick auf und ab, links und rechts schweifen lässt. — Und zwar sind hiebei zwei Verhaltungsarten zu unterscheiden: das Eine Mal ist es ein Linienziehen, wobei ich mir haarscharf, gleichsam mit der Fingerspitze die Umrisse nachweise, das andere Mal — und dies das Natürliche, weniger Reflektirte — ist es ein Anlegen von Massen, wobei ich den Flächen, Anschwellungen und Vertiefungen eines Gegenstandes, den Bahnen der Beleuchtung, * den Halden, Rücken, Mulden des Gebirges gleichsam mit der breiten Hand nachfahre. ** In beiden Fällen kann ein sprungweiser, punktirender (Lichtpunkte im Gebüsch) oder ein zügiger, fliessender Bewegungsverlauf vorherrschen.

---

* Auch Licht und Farbe können auf ihre räumlichen Stellungen und Dimensionen hin betrachtet werden.

** Das Erste ist das zeichnerische, das Zweite das plastisch-malerische Verhalten. Als anziehende Exempel dienen hiefür die Silhouette und das Relief nach seinen verschiedenen Entwicklungsformen.

Das Schauen ist bewusster als das Sehen, weil es die Formen dialektisch (d. h. in auflösender und wieder zusammenfassender Weise) untersuchen und in einen mechanischen Zusammenhang bringen will. Das Schauen erst ermöglicht eine volle künstlerische Darstellung; denn mit dieser Bewegung geht, wie sich zeigen wird, Hand in Hand ein antreibendes Beleben der todten Erscheinung, ein rhythmisches Beschwingen und Flottmachen.

Und jetzt, nachdem ich dem Schauen Genüge gethan, wiederholt sich der Eindruck des Sehens in einer höheren Weise. Was ich scheinbar getrennt, habe ich zusammengefasst zu einer geordneten und beruhigten Einheit. Jch habe wieder ein geschlossenes Gesammtbild, aber ein entwickeltes, ein durchfühltes. Das »Werde«, das ich dem chaotischen Sein zugerufen, hat Licht gebracht und siehe, es war gut.

Doch, ehe wir weiter gehen, noch ein Wort über den unentbehrlichen Associé und Correktor des Auges, über die sensible, bewegliche Hand. Schon oben habe ich mich nicht enthalten können, das Tasten in symbolischem Sinne anzuführen. In Wahrheit aber findet ein sehr eigentlicher und inniger Zusammenhang beider Organe statt. Ihre Funktionen sind verwandter Natur; denn das Tasten ist ein »derberes Schauen in die unmittelbare Nähe«, das Sehen ein »feineres Tasten in die Ferne«. * Keines aber erfüllt seine Aufgabe ohne das Andere: Kann ich nicht sehen, so fehlt mir neben der Ferne auch Licht und Farbe und ohne die Rechenschaft des Tastens fehlt mir der bestimmte Aufschluss über die greifliche Form. Das Kind lernt tastend sehen und zwar darf nicht ausser Acht gelassen werden, dass hiebei nicht nur Haut-, d. h. Nervenfunktionen, sondern immer zugleich Muskelbewegungen in Aktion treten. Besonders nöthig haben wir die Hülfe des Tastens, um entfernte, verkürzte und verschobene Gegenstände »begreifen« zu lernen. Kinder langen bekanntlich nach

---

* Lehrbuch der empirischen Psychologie von G. A. Lindner. Wien. Seite 53. Seite 96.

dem Monde wie nach einem Teller. Das stereoskopisch gebaute Augenpaar gibt uns an sich ja doch nur ein flächenartiges Sehfeld und wir müssten glauben, dass sämmtliche Theile desselben in gleich weiter Entfernung von uns liegen, wenn wir nicht vom Tastsinn über den Abstand unterwiesen wären. »Wir schieben uns also mittelst der Hand das flächenartige Sehfeld vom Leibe. Und so ist der Grund für die dritte Dimension des Raumes, die Tiefe, gelegt.«

Gesichtsempfindung.

Unter Empfindung verstehe ich hier nur einen sinnlichen Vor-, gang und zwar das sinnliche Befinden gegenüber einem angeschauten Gegenstande. Zunächst unterscheidet man betonte und unbetonte Empfindungen. Unbetont, vag und gleichgültig ist ein Anblick, wenn er unbewusst percipirt wird, d. h. wenn seine Eindrucksform so wenig Reiz hat, dass ich zu keinem Innewerden dieses Reizes komme. Dies ist z. B. der Fall bei einer praktischen Wahrnehmung, wobei eben diese nur als Zweck für eine anderweitige Funktion dienen will. Davon kann hier nicht weiter die Rede sein; wir interessiren uns hier nur für betonte, intensive, d. h. angenehme oder unangenehme Empfindungen. Das künstlerische Auge kennt als solches überhaupt kein gleichgültiges Bild; denn weil ihm das Sehen in eminentem Sinne als Selbstzweck gilt, hat es auch nur mit Gradunterschieden der Betonung zu thun. Angenehme Empfindungen werden nun von solchen Reizen erzeugt, welche fördernd wirken, indem sie Nerven und Muskeln zu Bewegungen veranlassen, welche adäquat, d. h. gewohnt und einfach sind; unangenehme Empfindungen dagegen von solchen, welche hemmend wirken, indem sie ungewohnte, schwierige, inadäquate Bewegungen herbeiführen. Werden aber dieselben ausgeglichen und befreit durch den Hinzutritt von adäquaten Bewegungen, so haben wir vermöge dieses Contrastes eine verschärfte Luftempfindung. Der umgekehrte Fall liegt auf der Hand.

Als Massstab für den Charakter der Empfindung glaube ich, kann man einfach den Begriff der *Aehnlichkeit* aufstellen. Es handelt sich nicht sowohl um eine Harmonie im Objekt als um eine Harmonie zwischen Objekt und Subjekt, welche dadurch zu Stande kommt, dass das Objekt eine der subjektiven Harmonie entsprechende harmonische Form und Formwirkung besitzt. — Zuvörderst aber wollen wir uns näher mit den Begriffen Ruhe und Bewegung zurechtsetzen. Ruhe hat in Wahrheit nur das Gesetz als die feste Form, als der ideale Rahmen, innerhalb dessen die Bewegung vor sich geht. Dennoch kann ich gegenüber dem passiven Vorgang einer sensitiven Funktion, d. h. einer reinen Nervenfunktion, den aktiven Vorgang einer motorischen Nervenfunktion, d. h. einer Muskelbewegung, bewegt nennen und zwar vor Allem desshalb, weil jene auf einem ungleich bestimmteren und stärkeren Willensakte beruht. — Die ähnliche oder unähnliche Objektsform kann sich nun zu unserer Körperform sowohl wie zu den durch eben diese bedingten Bewegungsformen nur mit Hülfe von verhüllten oder offenbaren Bewegungsreizen, d. h. also durch Nerven- oder durch Muskelempfindungen in Rapport setzen.

Wenn wir nun Nerven und Muskeln unterscheiden, so ist damit natürlich nicht geleugnet, dass auch der Muskel Nerven hat und dass also im »Schauen« auch immer das »Sehen« implicite mitwirkt. Wenn ich weiterhin das physische Verhalten und Befinden bei sensitiven Reizen **Zuempfindung** und das bei motorischen **Nachempfindung** nenne, so muss gleicherweise diese jener eingeordnet werden.

In erster Reihe für den Lichtsinn steht natürlich das Licht. Die Wirkung desselben beruht wie bekannt auf Bewegungen, Fluktuationen des Lichtäthers, die Farbenwirkung lediglich auf der verschiedenen Schnelligkeit dieser Bewegung, resp. auf längeren oder kürzeren Lichtwellen. Man hat nun unter Anderem die Annahme aufgestellt, dass das Auge drei verschiedene Arten lichtempfindender Nervengruppen besitze (roth, grün, violett, oder roth, grün, blau). * Wenn dies wahr ist, so wirkt also ein einfaches Licht, oder eine einfache, isolirte Farbe,

---

* Wundt. Vorlesungen über Thier- und Menschenseele. S. 158.

abgesehen davon, dass sie durch die regelmässige (nicht grelle, nicht flackernde) Form ihrer Herbewegung eine willkommene Schwingungsform der entsprechenden Nervengruppe hervorrufen kann, insofern angenehm oder unangenehm als die Nervengruppe überhaupt zu einer Reaktion geneigt ist oder nicht. Und diese Neigung wird wohl nur an einem im Auge latenten Schwingungsreize einer der beiden übrigen Nervengruppen liegen. Eine aus zwei Grundfarben gemischte Farbe wirkt anziehend, wenn sie eine bequeme Combination von Nervenschwingungen erregt. Dasselbe gilt natürlich von coordinirten Farben. Selbst im Nervenleben würde demnach etwas wie Symmetrie existiren und aus dieser würde sich dann das Bedürfniss leichter Contraste der coloristischen Wirkungstheile erklären. Einen merkwürdigen Beleg hiefür geben die sogenannten Nachfarben, welche wohl von Reflexreizen auf restirende, ruhende Augennerven herzuleiten sind. *

Doch auch die verschiedenen Dimensionen, Bahnen, Richtungen und Theilstellungen der Licht- und Farbenerscheinung kann ich mit Muskelbewegungen des Auges betrachten und dann handelt es sich zugleich um Nachempfindung. Allerdings wird dieselbe nie so lebhaft sein wie gegenüber einer wirklichen Bewegung des Objektes (Blitz), wobei der Gegensatz zwischen den bewegten und den ruhenden, oder zwischen verschieden bewegten Theilen eines Bildes immer überraschend wirkt und zur Aufmerksamkeit nöthigt. Aber gerade solche leisere Emotionen, die so leicht übersehen und unterschätzt werden, glaube ich hier eingehender berücksichtigen zu müssen.

Da nun aber die Nachempfindung in diesem Falle Licht oder Farbe wie ein Nebeneinander von besonderen Körpern nimmt und ihre eigentliche Einheit ganz ausser Acht lassen kann, so stellen wir auch die Reizformen dieser subjektiven Bewegungen lieber an individuellen Körpern, d. h. an festen Formen dar.

---

* Wundt. Vorl. ü. Th.- u. Ms. 85. Vorl. S. 77.

Wundt sagt: »Wo das Auge frei sich bewegen kann, da verfolgt es seinem physiologischen Mechanismus gemäss in vertikaler und horizontaler Richtung genau die gerade Linie; die schräge Linie legt es in einer Bogenlinie zurück.« (Vgl. S. 80.) Negativ also kann man den Satz aufstellen, dass die gerade Linie bei schräger Richtung und die zackig gebrochene Linie bei gerader (resp. vertikaler oder horizontaler) Richtung zunächst und an sich widerlich ist, jene, weil sie unbequeme Bewegungen, diese, weil sie ungewohnt rasche Bewegungsveränderungen nöthig macht.

Weiterhin verfolgen wir gerne Raumerstreckungen, an denen sich eine bestimmte Form in ähnlichen Abständen wiederholt; noch mehr aber solche, an welchen diese Wiederholungen (Hauptformen) durch allerlei methodisch eingeschobene Veränderungen (Theilformen) unterbrochen werden. Hierauf beruht der *rhythmische* Eindruck der Form, der nichts anderes ist als die wohlige Gesammtempfindung einer harmonischen Reihe von gutgelungenen Selbstmotionen.

Worauf aber beruht nun angesichts von festen Formen und abgesehen von ihrer Helligkeit und Farbe die Verschiedenheit der Zuempfindung? Ich glaube, man darf dreist antworten: Auf der Aehnlichkeit oder Unähnlichkeit des Objektes zunächst mit dem Bau des Auges, weiterhin aber mit dem Bau des ganzen Körpers. Die horizontale Linie ist befriedigend, weil unser Augenpaar eine horizontale Lage hat; * sie streift aber ohne einen anderen Formgegensatz an den Eindruck der Indifferenz. Die vertikale Linie dagegen kann bei isolirter Wahrnehmung störend wirken, weil sie dem Bau des aufnehmenden Augenpaares in gewissem Sinne widerspricht, indem sie schon eine complicirtere Funktion desselben nothwendig macht. Jedoch mit Beziehung auf die verleidete Milde anderer Dimensionen wird diese

---

* Vgl. C. W. Völker. Analyse u. Symbolik. 1861. S. 16.

Aufstörung natürlich stets als ein willkommener Wechsel und Kraftreiz empfunden. Das Rund, ein Teller, Reif, Ball macht dagegen zunächst entschieden einen wohlthätigen Effekt, weil es dem Runde des Auges homogen ist. —

Ueberhaupt haben wir an allen regelmässigen Formen Gefallen, weil unser Organ und seine Funktionsformen regelmässig sind. Unregelmässige Formen geniren uns, nach Wundt's sinnigem Ausdrucke, wie »eine gestörte Erwartung«. Das Auge vermisst nur mit Schmerzen die Gesetze, nach denen es selber gebildet ist und sich bewegt.

Indessen kann es sich auch hier auf dem Gebiete der blossen Empfindung nicht sowohl um kahle Regelmässigkeit, als um organische Normalität handeln und auch die Gesetze der Symmetrie und Proportion, welche von den Formalisten als zutreffende Massstäbe vorgeschlagen werden, lassen sich leicht unter diesen Gesichtspunkt stellen. Die totale Regelmässigkeit kommt nur an Theilen des menschlichen Körpers vor (Auge) und daher sehen wir sie auch lieber als Theil im Objekte. Die Symmetrie zerfällt nun in allseitige und einseitige, letztere weiterhin in horizontale und vertikale Symmetrie. Und zwar zeigt sich wiederum, dass die horizontale Symmetrie mit Anschluss an unsere körperliche immer besser wirkt als die vertikale. Für die Vertikalrichtung erscheint ein anderes Formgesetz plausibel, das Gesetz der Proportion oder des »goldenen Schnittes«. Nach Zeising besteht dasselbe darin, dass der kleinere Formtheil sich zum grösseren verhält, wie der grössere zum Ganzen. Die verschiedenen Nüancen dieses Gesetzes, seine Wechselwirkung mit dem Gesetze der Symmetrie, können hier nicht weiter verfolgt werden, um so weniger, als der ästhetische Formalismus selbst hierüber noch lange nicht mit sich im Klaren zu sein scheint. Wir können uns hier mit dem allgemeinen Satze begnügen, dass alle diese Gesetze der Regelmässigkeit, Symmetrie, Proportion nichts Anderes sind als subjektive Gesetze des normalen Menschenkörpers und nur als solche für die Aesthetik einigen Werth haben können, wenn auch immerhin nur einen höchst elementaren und wenig erschöpfenden. *

Wie verhält es sich nun aber mit unserem Begriffe der Aehnlichkeit? — Der Weg der unmittelbaren, rein sinnlichen Vergleichung, auf welchem wir die Aehnlichkeit der objektiven mit der subjektiven Form nachzuweisen suchen, kann nur dann zu einem erspriesslichen Ziele führen, wenn wir zu dem direkten Gesichtseindruck den indirekten der Reflexwirkungen hinzunehmen. Der Gesichtssinn für sich allein reicht ja nicht aus, um die Vergleichung anzustellen, sie wird nur möglich, wenn es sich zugleich um Reize im ganzen Körper handelt. — Allerdings fällt es sehr schwer, diese einlässlich nachzuweisen, da jede allgemeine Leibempfindung viel unmerklicher in's Bewusstsein tritt als eine isolirte.

Wir können häufig die merkwürdige Beobachtung an uns machen, dass eine Gesichtserregung in einer ganz anderen Provinz unseres Körpers, in einer ganz anderen Sinnessphäre verspürt wird. Wenn ich über eine heisse, von der Sonne grell beleuchtete Strasse gehe und setze eine dunkelblaue Brille auf, so bekomme ich immer zugleich für einen Moment den Eindruck, als werde mir die Haut abgekühlt. Anderseits spricht man nur desshalb von »schreienden« Farben, weil durch grellen Schimmer in der That widerliche Reize in den Gehörsnerven entstehen. In niedrigen Stuben bekommt unser ganzer Körper eine Empfindung von Last und Druck. Alterskrumme Mauern können die Grundempfindung unserer leiblichen Statik beleidigen. Die Anschauung der äusseren Grenzen einer Form kann sich in dunkler Weise

---

* Dem scheinbaren Widerspruche, dass auch zuweilen horizontale Proportionalität neben vertikaler Symmetrie anziehend aussehe, könnte man, glaube ich, einfach mit der Antwort begegnen, dass hier entweder die subjektive Körperhaltung als liegend ponirt wird (vgl. den Abschnitt über die Bildvorstellung) oder dass eine Vielheit von aufrechten, nebeneinander stehenden Leibkräften vorschwebt, oder dass isolirte rhythmische Muskelbewegungsreize (Nachempfindungen) in Thätigkeit treten, welche von der ruhigen Raumwirkung abstrahiren. Die Totalwahrheit wird in dem mystischen Ineinander dieser drei Gesichtspunkte bestehen.

mit der Empfindung der eigenen Körpergrenzen combiniren, welche ich
an oder vielmehr mit meiner allgemeinen Hauthülle spüre. Auch die
Muskelbewegungen des Augapfels (resp. Kopfes) haben Bewegungsreize
in anderen Organen zur Folge, besonders in den Tastorganen; sie können aber auch sensitive Nervenreize hervorrufen, wie diese umgekehrt
motorische. Ebenso können Denkreize sensitive, wie motorische Reize
in den niederen Organen erzeugen und umgekehrt. * Es handelt sich
überhaupt um den ganzen Körper; der ganze Leibmensch wird ergriffen. Denn in Wahrheit gibt es ja keine strikte Lokalisirung in demselben. Jede betonte Empfindung führt daher schliesslich entweder zu
einer Steigerung oder Schwächung der allgemeinen *Vitalempfindung.*

Es ist zwar noch nicht der Ort hier, auf den strengen Unterschied
zwischen rein ästhetischem und pathologischem Verhalten einzugehen;
dennoch muss jetzt schon als wesentlicher Punkt hervorgehoben werden, dass hier das Sehen ganz in seiner Reinheit als Selbstzweck genommen wird und somit alle stofflichen Kränkungen und Erhitzungen
ausgeschlossen werden. Sobald solche eintreten, erlischt auch die reine
Anschauung und räumt ihren Platz der unreinen (Nebenzweck), d. h.
der lüsternen und apprehensiven Leidenschaft. — Die Sonne des freien
Künstlerblickes scheint ohne Unterschied auf Gerechte und Ungerechte;
dessen ungeachtet verhilft sie doch jenen zum Siege: die negativen
Reize werden abgesondert und bewältigt durch ein Fixiren und Accen-
tuiren der positiven. Gelingt dies nicht, dann tritt allerdings eine Ap-
prehension ein. Aber wir sind getragen von der herrschenden Instink-
tion unserer eigenen leiblichen Vollkommenheitsanlage, kraft welcher
wir uns an die homogene Dominante halten und schlichtend über alle
Unterbrechungen hinweggleiten.

---

* Diese Reflexwirkungen, dieses gegenseitige Vicariren der Sinne, sind die physische Ursache der Verbindung der Künste.

Bildvorstellung.

Ein Bewegungsreiz hat durchaus nicht immer die entsprechende
wirkliche Bewegung zur Folge, stets aber die Vorstellung derselben.
Vorstellung ist ein geistiger Akt, durch welchen wir ein Etwas, das
vorher dunkler Inhalt unserer Empfindung war, uns in unserem Inneren gegenüberstellen und markiren und zwar in anschaulich sinnlicher
Form. Will man das Wort auch von abstrakten Gedanken brauchen,
so gibt man hiemit zu, dass auch sie immer noch von Denkbildern be-
gleitet sind. Wir haben also nunmehr einen geistigen Akt. Dass auch
dieser wesentlich zugleich ein Akt der Centralnerven ist, begreift sich
aus der Einheit von Leib und Seele an sich. Die Gehirnfunktion hat
eben selbst ihre verschiedenen Stufen. *

Es gibt Vorstellungen einer andern und Vorstellungen meiner eigenen (Leib-) Form; es gibt aber auch Vorstellungen, die sowohl objektiv
als subjektiv sind. Von diesen wollen wir hier sprechen und nur um
diese kann es sich in der Aesthetik handeln. — Wenn ich mir einen
abwesenden Gegenstand im Geiste vergegenwärtige, so habe ich eine
Objektsvorstellung; eine subjektive, sagen wir, eine *Selbstvorstellung* voll-
ziehe ich, wenn ich mir innerlich meinen eigenen Leib vergegenwärtige.
Die unbewussteste, dunkelste Form der letzteren zeigt sich in dem niederen Organleben; z. B. der Embryo im Mutterleibe kann nicht wohl
anders heranwachsen als nach einem zu Grunde liegenden Musterbilde,

---

* Vgl. hiezu K. A. Scherner, Das Leben des Traums. Berlin, Schindlers
Verlag. 1861. S. 85.

nach einer Vorstellung. Und zwar muss angenommen werden, dass diese Vorstellung nicht nur Schablone, sondern zugleich die treibende, entwirkende Kraft ist. *

Bewusst wird erst die Selbstvorstellung, wenn sie, sei es nun negativ oder positiv, sich zu einem Objekte oder zu einer Objektsvorstellung in Beziehung setzt. — Eine geheimnissvolle Combination jener mit dieser zeigt uns der blinde Halbbruder des Genius, der Traum. Das Material für denselben liefert die Erfahrung des Tages, die Wirklichkeit. Die Formung dieses Materials ist aber das Resultat von Leibreizen. Die Bilder dienen so lediglich als Spiegelungen subjektiver Dispositionen und zwar in nachstehender Weise: die von einer Erregung betroffenen Glieder (resp. Nerven, Muskeln), werden nach Analogie ihrer Gestaltung *nachgeahmt* (meistens in vergrösserter Form) mit Hülfe eines nur annähernd ähnlichen Objektes. Besonders ist es, wie Scherner an einer Fülle von Beispielen nachweist, die Vorstellung des *Hauses* und der Haustheile, welche der Traum zur Andeutung der Körpertotalität wie der Körpertheile zu benutzen liebt. ** Ich kann z. B. von dem gefährlich überhängenden Erker eines Hauses träumen, weil mir der Kopf an der Seite des Bettes herunterhängt. Bei Gesichtsreizen wählt sich der Traum vorzüglich das Dachgebälke des Hauses, um das Faserwerk der erregten Netzhaut darzustellen. Ist der Reiz sehr stark, so kann die Vorstellung hinzutreten, dass das Gebälk brenne. Ich träume, ich sei in einem Zimmer, dessen ganze Decke mit Spinnweben bedeckt ist; auf der einen Seite derselben rechter Hand schiessen scheussliche dickbäuchige Spinnen herum — und ich erwache an Kopfweh, mit einseitigem Stechen an der rechten oberen Schädelpartie. — Doch bewegt sich dieses Symbolisiren keineswegs bloss in architek-

---

* Vgl. Hartmann, Philosophie des Unbewussten. Berlin 1869.

** Vgl. in s. L. d. Tr. den Abschnitt über die symbolischen Grundformationen für den Leibreiz. S. 114—127.

tonischen Formen; ein Baum, ein Fels, auch ein künstliches Geräthe, ein Tisch, Wagen * kann als Gleichniss für die menschliche Gestalt dienen. So kann sich z. B. ein überfüllter Magen durch einen aufgeblähten Dudelsack oder durch eine an Gestalt ihm ähnliche runde Schachtel ausdrücken, deren Kuchen-Inhalt sehr enge zusammengepresst ist. *

Ein motorischer Reiz kann sich gewiss auch durch energische groteske Raumformen (z. B. wild gezacktes Gebirge) ausdrücken; für gewöhnlich repräsentirt er sich aber durch wirkliche Bewegungsbilder. So sieht man bei motorischen Gesichtsreizen Papageien, Leuchtkäfer fliegen, Sternschnuppen fallen, weisse Köche herumspringen, feierliche, bunte Processionen durch die Strassen wallen. Schlafe ich mit gebogenem Knie und strecke es unwillkührlich in Folge eines corrigirenden Muskelreizes, so wähne ich zugleich, von einem Thurme herabzustürzen, oder sehe ich einen andern herabstürzen. Der Veränderung meiner Knielage entspricht in vergrössertem Massstabe der veränderte (geträumte) Abstand von der Basis des Erdbodens. ** — Jedoch hier wählt sich der Traum schon in bestimmterer Weise ein persönliches Bild der eigenen oder einer andern Menschengestalt. Dies ist schon ein Zeichen von festerer Geschlossenheit des Geistes, von einer halberschwungenen Vorherrschaft des Centrums über die Peripherie, welche ihren bestmöglichen Ausdruck findet im Vorstellen (Träumen) von Handlungen und Gesprächen. Dies nennt Scherner »Geistreize«.

Doch bleibt dieses ganze Gebiet des Traumlebens besonders desshalb so dunkel und schwer zu entziffern, weil eine wahrhaft gordische Verflechtung von Wechselreizen stattfindet. Geistige Vorstellungen, z. B. stockende Denkträume, können sich in die Maske stockender Gliederbewegungen hüllen und diese umgekehrt in die jener, gerade so, wie Gehörsreize zu Gesichtsreizen, Formreize zu Bewegungsreizen, resp. Vorstellungen von Bewegungsreizen führen können u. s. f.

---

* Scherner. L. d. Tr. S. 123, 183, 207, 210, höchst interessant.
** Scherner. L. d. Tr. S. 164. S. 183.

Dieses dunkle Getriebe von Bildreizen lässt sich nun in ähnlicher Weise am Leben der wachenden Phantasie verfolgen; denn bei genauer Selbstbeobachtung ist unschwer zu erkennen, dass es neben all den bestimmteren Abstraktionen einen Zustand reiner Versunkenheit gibt, wobei man sich diese oder jene Erscheinung nach dem jeweiligen unbewussten Bedürfniss einer Vertretung des eigenen Körper-Ichs einbildet. Ganz wie im Traumleben markire ich mir auf blosse Nervensensationen hin eine feste Form, die meinen Körper, dieses oder jenes betroffene Organ bedeutet. — Umgekehrt erregt eine objektiv erlebte, zufällige Erscheinung immer eine verwandte Selbstvorstellung in sensitiver oder motorischer Form. Und zwar ist hier zunächst für uns gleichgültig, ob das Objekt ein vorgestelltes oder ein wirklich angeschautes ist; dadurch, dass unsere Selbstvorstellung hinzutritt, wird es doch wieder ein vorgestelltes, ein Schein. — Die Art nun, wie sich die Erscheinung aufbaut, wird zu einer Analogie meines eigenen Aufbaus; ich hülle mich in die Grenzen derselben wie in ein Kleid. Dagegen bewege ich mich, von einer motorischen Vorstellung geleitet (sei es nun direkt, oder indirekt durch Reflexreize von den sensitiven Nerven aus), an der Erstreckung einer Hügelkette hin, ganz wie ich mich von eilenden Wolken in die Ferne tragen lasse. Es ist kein Sehen mehr, sondern ein *Zu*sehen: die Formen scheinen sich zu bewegen, während nur *wir* in der Vorstellung uns bewegen. Wir bewegen uns in und an den Formen. Allen Raumveränderungen tasten wir mit liebenden Händen nach. Wir klettern empor an dieser Tanne, wir recken uns in ihr selbst empor, wir stürzen in diesen Abgrund u. s. w.

Blicken wir nun zurück zur Empfindung, so zeigt sich dieselbe durch den Hinzutritt der Vorstellung wesentlich erweitert und vertieft. Erweitert insofern, als hiemit eine besondere Bildempfindung entsteht, welche rein als solche ohne sichtbares Objekt, andrerseits aber auch in und mit der Wirklichkeitsempfindung auftreten kann (Vorstellung von Selbstmotionen); vertieft insofern, als sie hiemit aus der bloss formalen Beziehung, resp. Trennung *in* die Erscheinung, in ihr Inneres zu dringen im Stande ist. Die **Zuempfindung** kann ganz äusserlich bleiben; sie kann sich nun aber auch vertiefen und concresciren zu einer ruhigen, zuständlichen **Einempfindung**; die **Nachempfindung** kann ebenfalls äusserlich bleiben, und sie vermag sich anderseits mit dieser Beihülfe der Vorstellung in die Formen einzuschleichen als **bewegte**, willensmässige **Einempfindung** und zwar, wie wir gesehen haben, selbst angesichts von nicht (d. h. nur subjektiv) bewegten Formen.

Wir sehen, die Vorstellung ist eine Mischerin. In ihrem weichen Elemente fliessen die Weltgegensätze, Ruhe und Bewegung, Ich und Nichtich zu einem räthselhaften Ganzen zusammen.

Vergleichen wir nun mit Rücksicht auf den Bildcharakter die Vorstellung mit der Anschauung, so zeigt sie als Ersatz für die leibhafte Nähe dieser die innere Freiheit des ungestörten, unbeschränkten Fixirens. Sie hat nicht die Deutlichkeit, aber auch nicht die Blendungen der Wirklichkeit; denn durch das Verinnern der Form wird eben diese gleichsam verklärt — vergeistigt. Andrerseits aber kann diese Unabhängigkeit von den engen Bedingungen der Realität auch ein doppelt intensives Einschreiten des stofflichen Reizes bewirken.

So lange die exakte, zwingende Zucht der Wirklichkeit fehlt, ist es möglich, Alles zu übertreiben, also auch den stofflichen Reiz. In diesem Uebertreibungstalent offenbart sich die Vorstellung bereits als Einbildungskraft. Diese hat den eigenen Vorzug, ein selbstgefertigtes, relativ neues Bild aufbauen zu können. Doch bleibt sie als solche immer noch in der unreifen Neigung zu subjektiver, privater Spielerei, willkürlicher Seltsamkeit befangen. — Erst die Innen-Phantasie * abstrahirt wahrhaft von der Confusion und Irrationalität der Natur und vermag sich, geleitet von der unbewussten Norm leiblicher Voll-

---

* Was unter Phantasie zu verstehen ist, wird sich aus dem Folgenden ergeben. Denn dieselbe ist doch nicht wohl als eine besondere Grundkraft der Seele, sondern nur als ein specifisches Zusammenwirken der drei Hauptkräfte: Gefühl, Vorstellung und Wille zu bezeichnen.

kommenheit, harmonische Einzelformen, Mikrokosmen, herzustellen. Allein bei aller Reinheit haben dieselben doch als Innengebilde noch etwas Nebelhaftes und erlangen die erwünschte Evolution und Schärfe erst dadurch, dass sie an der Hand der Kunst oder Aussen-Phantasie wiederum zu einer objektiven Anschaulichkeit zurückgeführt werden.

Gefühl und Gemüth.

An sich aber liegt in diesem empfindenden und vorstellenden Verhalten der Anschauung noch kein wahrhafter Seelenkontakt mit dem Objekte. Die Empfindung erfährt durch ihren theilweisen oder absoluten Zusammenhang mit Vorstellungen noch kein Avancement zum Range eines psychischen Gefühles.

Zuvor muss ein geistiger Werth, eine Lebensmacht in der Erscheinung vermerkt sein: zuvor muss der Mensch das Gebiet der Erfahrung, der Bildung durchwandert haben. Er gürtet sich mit all seinem anspruchsvollen Selbstgefühl und macht sich auf, um zu leben und zu wirken. Ein unstillbarer Drang nach Lust, nach Selbsterhaltung und Selbstverstärkung treibt ihn um und je nach dem günstigen oder ungünstigen Erfolge richtet sich sein Befinden, seine Stimmung. Haben indessen diese im Zustande des Subjectes resonirenden Erfolge des utilistischen Lebens in der That einen menschlichen Charakter? Wer wollte läugnen, dass der Bauer bei Hagelschaden traurig, bei fruchtbarem Wetter lustig wird? Und doch, so lange dieser Eine Bauer nur sich allein betroffen wähnt, möchte sein Gefühl nur einen sehr relativen Gradunterschied von der Empfindung haben. Das Selbstgefühl, rein als solches, ist eine dumpfe unfruchtbare Regung, welche von selbst aus sich herausstrebt und nach einem correspondirenden Gegengefühle verlangt. Der Mensch erhebt sich erst an seinem Nebenmenschen zu einem wahren Gefühlsleben. Die Naturliebe zur Gattung ist es allein, welche mir eine vollkommene geistige Versetzung ermöglicht; bei ihr fühle ich nicht nur mich selbst, ich fühle zugleich auch das Gefühl eines andern Wesens.

Eine reine, restlose Verbindung der subjektiven mit der objektiven Vorstellung (Anschauung) kann nur zu Stande kommen, wenn die letztere wiederum einen Menschen enthält. Dies gilt ebenso für das geistige Gefühl und wäre es auch noch so egoistischer Natur; wenn nur dieser Egoismus mit dem Egoismus eines andern sich zu vergleichen versteht. Der Empfindung im Bunde mit der Vorstellung gelingt nur die zweifelhafte Vergleichung mit dem Aeusserlichen, Peripherischen, Ungeistigen an den Erscheinungen. Im Gefühl aber concentrirt sich ein wärmerer Blick nach ihrem geistigen Kern, ohne deshalb die Gediegenheit ihrer Körperfülle preiszugeben. An die Stelle der Sache, von welcher unser Leib eine Förderung oder Hemmung erfährt, tritt jetzt eine lebendige Individualität oder eine Gemeinschaft von Individualitäten, welche uns, unsere Lebenssituation, unsren Lebensdrang freundlich mitfühlt und unterstützt, oder fremd und gehässig behindert. Der Massstab der Nerven- und Muskelbewegung, wie er oben bei der Empfindung an die Eindrucksform gehalten wurde, gilt hier zugleich als ein Massstab der gehaltvollen Lebensbewegung überhaupt. Und die harmonische Beziehung zwischen Subjekt und Objekt vertieft sich hier zu einer solchen zwischen Subjekt und Subjekt. Das Gefühl beruht also auf einer Förderung oder Störung des ganzen Menschen, als einer individuellen, wesentlich auf ihre Gattung bezogenen Lebenskraft.

Somit haben wir — den stillen Einwendungen des Gefühles zum Trotz — jede nicht lebendige Objektsform aus der Welt des Gefühles verbannt und dieselbe ausschliesslich auf die Appellation an die Empfindung oder an das abstrakte Denken verwiesen. Die blickende Seele *fühlt* demnach nur eine Erscheinung, wenn diese von sich aus die Sprache des Gefühles ihr entgegenbringt. Nicht wenig nüchtern angelegte oder nüchtern gelaunte Köpfe mögen sich schon im Ernste gefragt haben, ob sie der unbeseelten Natur mit Recht diesen stündlichen unwillkürlichen Gefühlstribut zollen? Was hat ein strahlender Regenbogen, was hat das ganze Firmament über und die Erde unter mir im Grunde mit der Würde meiner Menschlichkeit zu thun? Ich kann lieben, was lebt, was da kreucht und fleugt', es ist mir verwandt, allein meine Verwandtschaft mit dem Elemente ist doch zu weitläufig, um mich zu irgend einer Mitleidenschaft zu verpflichten. Was ist mir Raum und Zeit, was sind mir Projektionen, Dimensionen, Ruhe und Bewegung, was alle Formen, worinnen nicht das rothe Blut des Lebens fliesst? Ich werfe mein Herz nicht in Einen Topf mit einem Kieselbatzen; wo kein Leben ist, — nun wohl, da vermiss' ich es eben.

Nun aber erhebt sich das Gefühl und nimmt den Verstand beim Wort: Ja, wir vermissen dieses rothblütige Leben und eben weil wir es vermissen, stellen wir uns die todte Form wie etwas Lebendiges vor.

Wir haben gesehen, wie die Anschauung einer genehmen Form eine Lustempfindung hervorruft, wie ein derartiges Objektsbild zu unserer körperlichen Selbstvorstellung symbolisch in Rechnung gebracht wird, oder umgekehrt, wie diese sich selber zu setzen versucht durch jenes. Wir haben also das wunderbare Vermögen, unsere eigene Form einer objektiven Form zu unterschieben und einzuverleiben, ungefähr wie die Moosjäger sich in einen Jagdschirm verkriechen, um den Wildenten ungesehen beizukommen. Was ist aber diese Form Anderes, als die Form eines mit ihr identischen Inhaltes? Es ist daher unsere Persönlichkeit welche wir supponiren.

Ich traue also der leblosen Form mein individuelles Leben zu, wie ich dasselbe mit Recht einem persönlichen, lebendigen Nichtich zutraue. Nur scheinbar behalte ich mich selbst, obgleich das Objekt ein Anderes bleibt. Ich scheine mich ihm nur anzubequemen und anzufügen, wie Hand in Hand sich fügt und dennoch bin ich heimlicher Weise in dieses Nichtich versetzt und verzaubert.

Hier ist nun der Ort, den Vorstellungsakt, den wir oben einempfindend genannt haben, näher in's Detail zu verfolgen und hiernach seinen menschlichen Werth zu bestimmen.

Betrachte ich einen ruhigen, festen Gegenstand, so kann ich mich ganz folgsam an die Stelle seines inneren Aufbau's, seines Schwerpunktes setzen, Ich bilde mich demselben ein, vermittle meinen Umfang mit dem seinigen, strecke und erweitere, biege und beschränke mich in demselben. Habe ich es mit einer kleinen, ganz oder theilweise beschränkten und verengten Erscheinung zu thun, so wird sich mein Gefühl demnach pünktlich concentriren, es wird sich ducken und bescheiden (Stern, Blume [eigentliche Wirklichkeit: enger Gürtel]. — Zusammenfühlung). Stehe ich dagegen vor 'einer grossen oder theilweise übermässigen Form, so werde ich ein Gefühl von geistiger Grossheit und Weite, von Willensfreiheit bekommen (Gebäude; Wasser, Luft [Eigentliche Wirklichkeit: weiter Mantel]. — Ausfühlung). — Und — mehr im Einzelnen — erfüllt uns das gedrückte oder emporgerichtete, das geneigte oder gebrochene Gepräge einer Erscheinung mit einem geistig gedrückten, deprimirten oder stolzgehobenen, mit einem nachgiebig milden oder zerrissenen Stimmungstone.

Dieses verweilende, motionslose **Einfühlen** in die ruhige Form der Erscheinung wollen wir *physiognomisch* oder stimmungsvoll nennen. Es ist eine reine Zuständlichkeit, ein unwillkürlicher Hang und Habitus, den wir zu erblicken glauben. Im Gegensatz hiezu steht die *mimische, agirende* oder affectvolle Einfühlung von einem wirklich oder scheinbar bewegten Gegenstand. Scheinbar bewegt ist ein Gegenstand, in so fern wir meinen können, er sei eben daran, sich zu bewegen oder er habe sich bewegt. Wir glauben Ansätze und Spuren von Attitüden, von Regungen wahrzunehmen, ein verheimlichtes, kaum unterdrücktes Gliederzucken, ein Langen und Bangen, ein Gestikuliren und Stammeln. Blitzschnell werden diese Zeichen in ihre menschlich entsprechende Gehaltsbedeutung übersetzt. Die Wand dieses Felsen scheint Fronte zu machen*)

---

*) Vgl. Aesthetik von K. Köstlin, Tübingen 1869. S. 397.

und die Stirn zu bieten; wir erblicken daher einen geistigen *Trotz* in ihr. Die vorspringende Ecke derselbe scheint wie von einer *Leidenschaft* (Ungeduld, Neugier, Grimm) ergriffen herauszufahren, »den Fuss vorzusetzen«.* In jenem Baumgezweige breiten wir *sehnsüchtig* die Arme aus u. s. w. Wir gehen weiter: die anklingende Mimik wird innerlich ausgeführt oder wiederholt; die ruhige Gestalt wird so als eine offen bewegte eingefühlt. — Verstehen wir nun unter (wirklicher oder scheinbarer) Bewegung eine Ortsveränderung, so ist natürlich von wesentlichem Einfluss, ob der Umfang des bewegten Körpers gross (Wogendes Gebirg; ziehende Wolke) oder klein (Schlammwellen; Sternschnuppe, Irrlicht) ist. Verstehe ich aber eine genetische Selbstveränderung darunter, so muss auch von einem genetischen Aus- und Zusammenfühlen die Rede sein. Dieses Werdegefühl ist in contraktiver ** Form (schmelzendes Eis) immer gleichbedeutend mit dem Prozess eines geistigen Schwindens und Selbstbescheidens, in expansiver Form (wachsende Wasserringe) mit dem einer Selbstverstärkung und Selbstbefreiung. Dasselbe kann aber auch im Bunde mit dem Gefühle des Ortwechsels auftreten (stürzende und zunehmende Lawine, fallendes und erlöschendes Raketenlicht).

Diese centrale, getreuliche Einfühlung in die reine Form werden wir nun im Verlaufe unserer Untersuchung als die natürliche Mutter der religiösen Personifikation erkennen; wobei auch der scheinbare Widerspruch, dass hierauf die vegetabilischen und animalischen Personifikationen keine Anwendung finden könnten, sich lediglich mit dem Begriff einer Umschreibung beschwichtigen wird, eines Umweges, den die mythische Phantasie wie die frei ästhetische mit Rücksicht auf gewisse einseitige leibliche Kraftüberlegenheiten in Thier- und Pflanzen-

---

* Vgl. Aesthetik von K. Köstlin. Tübingen 1869. S. 397.

** Auch ein ruhiger Umfang kann contraktiv oder expansiv genommen werden, besonders ein gerundeter, welcher an das organische elastische Muskel- und Fleischleben gemahnt.

welt eben zu dem Endzweck einer besseren Selbstobjektivation der geistigen Menschenkraft eingeschlagen hat. * Selbst gegenüber der organischen Natur fungirt ja die Einfühlung noch symbolisch als Beseelung des Pflanzenkörpers, als Vermenschlichung des Thieres, und erst am Nebenmenschen als Selbstverdoppelung; wiewohl auch hier vermöge einer gewissen Abstraktion in's Detail noch eine symbolische Versetzungsart möglich ist (phantastisches Haar, kühne Nase). Man denke auch an die unwillkürliche Wiederbelebung eines Leichnams, an die vielen Sagen von mitternächtlichem Tanz der Todten-Skelette, vom Wandern der Leichen. Im Mittelalter kommen Sagen vor, wo Teufel in eine Leiche fahren und sie gleich einem Lebenden sich benehmen lassen, s. z. B. die Geschichte eines Edelmannes zu Paris, den der Teufel in der schönen Leiche eines gehenkten Mädchens verführt. **

Wie steht es nun aber mit der Nach- und Zuempfindung? Allem Anscheine nach bleiben sie zu einer formalen Aeusserlichkeit verdammt und müssen hiemit als rein sinnliche Funktionen bezeichnet werden. Es gibt zwar ein fixes Anregen und Pulsfühlen (Zuempfindung) und ein successives Umschweifen, Umschmiegen und Bestreicheln (Nachempfindung) im Vorstellungsleben, wobei wir uns nur desto intensiver in das Innere der Erscheinung versetzen: also ein Zu- und Nach-

---

* Auch die Vergleichung des Organischen mit dem Unorganischen darf nicht verwirren. Wenn z. B. Theokrit den Sprung des Löwen mit einem gespannten Holze vergleicht, „das dem Wagner ausgleitet und sausend hinausspringt“, so wird hiemit nicht die unorganische Natur über die organische gestellt, sondern ihre einseitig mechanischen, rücksichtslosen Bewegungsformen werden rein als solche so heftig und überzeugend mitgefühlt, dass sie nachträglich als etwas bereits Beseeltes um so leichter zur näheren Bezeichnung einer specialen Organäusserung dienen können (Bahn und Rapidität der Bewegung). Je weiter wir in die Natur hinuntersteigen, desto rauher wird ihre Einseitigkeit und desto leichter kann sie symbolisirt werden. Denn ihre Formen sind Stückwerk, todtes Material und pochen nicht auf ihre Selbständigkeit wie die lebendige Gestalt. Nachdem ich aber nun derart meine Kräfte an die Natur verzettelt habe, kann sie nun, als eine auferweckte, Gleichnisse für alles Organische abgeben.

** Wolf. Zeitschrift f. d. M. IV., 87. Vgl. W. Hertz. Der Werwolf. Stuttgart. Kröner 1862. S. 109, 162.

empfinden zum Zwecke des Einempfindens resp. der Einfühlung. Wir wollen dics **Anfühlung** nennen.

Welchen Gefühlswerth haben dagegen Empfindungen, welche ausschliesslich die Oberfläche der Erscheinungen betrachten?

Die Nachempfindung frägt bloss nach dem Verlauf der Formbegrenzung (Berglinien) und nach der Bewegungsbahn (Bahn des Vogelfluges, abgesehn vom Vogel) * und sieht also von der Annahme eines individuellen Organismus, von der eigentlichen Mitte gänzlich ab. Wenn es sich aber bloss um den Formverlauf handelt, so haben wir es also mit einer Selbstbewegung zu thun, mit einem Akte, der in so fern vorherrschend subjektiv ist, als die Form nur wie ein beliebiges, willkürlich und einseitig angewandtes Mittel gilt, um den Körper sich selber geniessen zu lassen. Diese rein sinnlichen Selbstmotionen der Nachempfindung werfen aber irgend wie einen Reflex auf den Ablauf der Denkbewegungen, so dass dieselben doch in bestimmterer Weise afficirt werden. Hiemit ist nun auch der ganze Mensch mit sammt seinem Lebensgefühle in Mitleidenschaft gezogen. Die scheinbar formale Bewegung trägt sich also doch unbewusst mit einer concreten Gefühlssubstanz, welche untrennbar mit dem Begriffe menschlicher Ganzheit verbunden ist. Indem ich z. B. an den Windungen, Steigen und Senkungen eines Weges hinschaue, gleite, wandle ich Gedanken halber selbst auf ihnen vorwärts, bald träumerisch zögernd, bald heftig fortschiessend. Ich suche und finde, steige triumphirend empor und stürze vernichtet nieder u. s. w. Die mit der angeschauten Form zusammenhängende Richtung und das Zeitmass dieser Bewegung bekommen so

---

* Hievon ist eine besondere Art von bewegter Einfühlung zu unterscheiden, welche sich ebenfalls an die Grenzen der Erscheinung hält, aber immer noch innerhalb derselben bleibt. Das ist der Fall, wenn eine Reihe von Erscheinungen in Bausch und Bogen überblickt (Waldgebirge) und in ein gemeinsames Rinnen gebracht wird. Das ist eine Mitbewegung, welche, obgleich sie das Einzelcentrum vernachlässigt, immer noch *in* und nicht wie die Nachfühlung an und bei der Erscheinung hinläuft.

den Charakter von menschlichen Intensionen und Wallungen. So stei-
gert sich die Nachempfindung zur **Nachfühlung.**

Hierbei ist allerdings noch eine dunkle ganz allgemeine Herrschaft
der Erdenschwere und hiemit ein Gefühl der Fesslung an die Erdober-
fläche (also doch wieder central) neben einer freieren, gedankenhaften
Schnelle zu bemerken, mit welcher wir uns fortzubewegen im Stande
sind. Dagegen ist es ein ganz eigenes und ungleich selbständigeres
Verhalten, wenn die Phantasie *in* scheinbar formlosen Räumen (Wasser, wolkenlose Luft) ein zügelloses Schweifen unternimmt. Hierbei
schreibt sie selbst und nach eigenem Gefallen die Motionsrichtung vor.
Ein allgemeiner objektiver Reiz liegt nur in der eingefühlten Weichheit
und Unendlichkeit dieses Elementes (Nachfühlung in Verbindung mit
der Ausfühlung).

Eben weil aber diese ganze Lust der Selbstbewegung eine vorgestellte ist, tritt nun dennoch eine Objektivation ein, indem wir unser
eigenes Gefühl seltsam mit der Natur verwechseln. Die Bahn des nach-
gefühlten Weges scheint selbst zu zögern und ungeduldig fortzuschiessen.
Die helle Himmelsluft, in der wir schweben und schwärmen, scheint
uns selbst zu schwärmen.

Eine ähnliche Potenzirung erfährt das einfach beziehungsmässige
Zuempfinden, welches ebenfalls einen nicht näher verfolgbaren Reiz auf
die Formation von Gedanken haben muss und dergestalt immer den
ganzen Menschen in Stimmung versetzt. Wir wenden uns vertraulich
oder zagend dem Bilde zu, wir lassen uns anmuthen oder abstossen,
ohne näher auf die Einzelheit einzugehen, ohne zu wissen, warum?
Und demgemäss können wir nun auch von einer **Zufühlung** sprechen,
von einem Ahnen, Anheben und jugendlichem Anstürmen der Begei-
sterung, die, noch unerfahren in der Welt, doch schon die ganze Welt
im Busen hegt. — Den besten Aufschluss gibt hierüber die allgemeinste
Formverbindung von Subjekt und Objekt, der Effekt des Lichtes. Dieses ist eigentlich nur in seiner Aeusserung als Wärme greiflich (Haut-
empfindung) und desshalb sprechen wir von kalten und warmen Be-

leuchtungstönen, welche nunmehr mit einem frostig reservirten oder liebevoll erwärmten Menschengefühl identisch werden. Das von längeren Wellen ruhig herangetragene Blau erfüllt mit sanfterer Sehnsucht, das rascher heranrollende Roth wirkt als strotzende, feurige Lebenskraft. Die Reflexempfindungen sorgen dann dafür, dass im Stillen eine Vergleichung mit einem vorgestellten Contrast-Farben-*Gefühl* stattfinde. Eine wirkliche Zusammenstellung von Farben wird dagegen, je nachdem die Symmetrie in den Augennerven von ihr bestätigt oder negirt wird, eine gleichgewichtige Zufriedenheit oder eine taumelnde Verstörung anklingen lassen. Und selbst die Einzelkörper mit ihrer Greiflichkeit und Fühlbarkeit erscheinen (abgesehen von dieser) damit, dass sie von der Offenbarung des Lichtes, von den Modifikationen der Färbung getroffen werden, intimer, sie werden sehend, sie bekommen den charakteristischen Lebensblick. — Und so tritt auch hier jene sonderbare Verwechslung der eigenen Erregung mit der Erregungsursache ein: das Licht, die Farben scheinen uns selbst zu zürnen, zu jubeln und zu trauern etc.

Genug; wir halten nun fest, dass auch diese scheinbar formalen Verhaltungsformen die Bedeutung von individuellen Gehaltsreizen, von Lebenskraft und Lebensschwung gewinnen.

Vergleichen wir nun aber diese verschiedenen Kundgebungen des Vorstellungsgefühles nach ihrer Genesis, nach ihrem Bildungsgange, so zeigt sich entschieden die Zufühlung als die direkteste Funktion. Die reine Aeusserlichkeit tritt einfach als solche in Wirkung; oder umgekehrt, ich wende mich lediglich an den Aussenschein des Objektes. Es ist ein unmittelbares Vergeistigen von sensitiven Erregungen. — Dagegen ist die reine Nachfühlung schon einmal als motorischer Sinnenakt, fernerhin als totaler Vorstellungsakt entschieden indirekter Natur. Aber indem sie diese wirkliche oder vorgestellte Selbstmotion vergeistigt, ist sie immerhin noch einfach und direkt im Vergleich zur Einfühlung. Wie die Zufühlung lässt sie das Ich in einer gewissen Einsamkeit; der Aussenschein bleibt ein unbewusstes Gelockt - und

Gegängeltwerden. Die objektive Einfühlung ist dagegen insofern indirekt, als sie nur nachträglich zu jenen subjektiv formalen Funktionen hinzutritt (Anempfindung zum Zweck der Einfühlung). Sie kommt durch dieselben erst gleichsam zu sich selber und wendet sich nun vorstellend in das *Innere* der Erscheinung. Und nun erst, vermöge dieser centralen Versetzung und Verwechslung und von dieser zurückkehrend, gewinnt sie ihr eigenartiges Leben. Sie erblickt ihr zweites Ich, wie es umgemodelt im Objekte sitzt und nimmt es ahnungsvoll zu sich zurück, ohne es deutlich zu erkennen, ohne zu wissen, warum? — Man kann also sagen: die Einfühlung erfühlt das Objekt von Innen (Objektscentrum) nach Aussen (Objektsform); während Zufühlung und Nachfühlung (als Anfühlung) von Aussen (Objektsform) nach. Innen (Objektscentrum, Einfühlung) gehen, aber auch von jedem Innen des Objektes abstrahiren können.

Als weiterer Illusions-Akt tritt schliesslich neben diese Formsymbolik des Gefühles die **Ideenassociation** hinzu, welche aber für den bildnerischen Standpunkt nur von sekundärer Bedeutung ist. Sie knüpft rein nach dem Gesichtspunkte eines Realzusammenhanges *andere,* nicht gegenwärtige Bildvorstellungen, Gedanken und Lebensgefühle an, welche mit der Formsymbolik zunächst gar nichts zu thun haben. Z. B.: Ein alter dickbäuchiger Bierkrug erinnert mich an den etwaigen durstigen Zecher, der ihn gehoben hat. Ich denke und fühle also einen Menschen, etwas Menschliches neben diesem Krug. Ich kann mir aber den Zecher unwillkührlich in einer Gestalt nnd Haltung vorstellen, welche diesem Krug ähnelt. Hier macht sich nun in der Ideenassociation doch die Einfühlung geltend. — Ein berühmter moderner Colorist findet einmal bei einem Kollegen eine verstaubte, rothgoldene Troddel; er hält sie gegen das Licht und schüttelt sie und nachdem er dies Spiel längere Zeit getrieben, geht er heim und malt — Priester und Cardinäle, welche feierlich, mit dem Festornate bekleidet, in einer dämmernden Halle versammelt stehen. In dieser sinnigen Anekdote haben wir eine höchst merkwürdige Verquickung von reiner Formsymbolik und Ideenassociation und es möchte schwer fallen, die Mischungstheile streng psychologisch auseinander zu halten.

Wir müssen überhaupt bedenken und nie vergessen, dass *einerseits die besprochenen Formsymbolisirungen unter einander und andrerseits mit diesen die Ideenassociationen immer, in jedem Bilde zusammenwirken und zu einem unentwirrbaren Ganzen sich verschlingen, und dass nur vermöge dieses absoluten In- und Beieinanders ein wahrhaft ästhetischer Formgenuss entsteht.*

Fragen wir nun aber nach der Ursache dieser merkwürdigen Verschmelzung von Subjekt und Objekt in der Gefühlsvorstellung, so gibt es wohl keine andere Auskunft, als eben wiederum das Wesen des Gefühls. Dieser symbolisirenden · Thätigkeit kann nichts Anderes zu Grunde liegen, als der pantheïstische Drang zur Vereinigung mit der Welt, welcher sich keineswegs auf das leichter fassliche Verwandtschaftsverhältniss zu der menschlichen Gattung beschränken lässt, sondern, sei es nun bewusst oder unbewusst, an die Allheit sich wendet. Dasselbe haben wir in rudimentärer Weise an der Empfindung und empfindenden Vorstellung. Die Empfindung ist die primitivste Lebensregung und aus ihr entwirkt sich erst der deutlichere Akt der Vorstellung, des Willens, der Erkenntniss und wir besitzen hiemit an derselben die ursprünglichste Form des Weltzusammenhangs. Mit und durch diesen allgemeinen Fortschritt wird auch die Empfindung etwas Anderes. Sie wird zum Gefühle. Das Gefühl ist objektiver als die Empfindung, schwingt sich ungleich energischer über die eigene Haut hinaus mit einem Nichtich zusammen. Aber auch das Gefühl wird im Verlaufe des Lebens mit einem tieferen Fond erfüllt, ohne desshalb seinen formalen Charakter einzubüssen. Denn der Weltzusammenhang übt, je klarer er erfasst wird, eine desto mächtigere Gegenwirkung gegen den rein subjektiven Pol desselben aus. Diese niederhaltende Gegenwirkung erfolgt von dem Augenblick an, wo die allgemeine Bedeutung einer objektiven Kraft erkannt wird. Indem ich abstrakt denken und mich als untergeordneten Theil eines untrennbaren Ganzen begreifen lerne, expandirt sich mein Gefühl zum Gemüth. Und so werde ich von einer persönlichen Schädigung oder Genugthuung in so fern im Gemüth erregt, als dieselbe wie eine Schwächung oder Bekräftigung der Weltharmonie aufgefasst werden kann. Der Glückseligkeitstrieb entdeckt das einzige Wundermittel, sich zu befriedigen, in der Sorge für das allgemeine Wohl der Menschheit. So steigen wir von der simplen Selbstliebe zur Geschlechts- und Familienliebe (Racegefühl) und von dieser zur absoluten Nächstenliebe, Menschenfreundlichkeit und zum Pathos des Staatsbewusstseins empor.

Es ist die Ahnung des Guten, mit welcher sich die Liebe bereichert. Darum genügen nun Begriffe wie Werth, Macht, Bedeutung nicht mehr zur Kennzeichnung des geistigen Reizgehaltes. Sie haben jetzt eine innere »weltgültige« * Leuchtkraft erhalten, sind geweihte, festliche Träger einer öffentlichen Würde geworden. Der Freundliche erscheint mir nun überhaupt brav und edel, der Gehässige überhaupt verworfen und teuflisch. Ich fühle mich selbst in mir oder in einem andern Ich, aber nur als einen würdigen Repräsentanten der ganzen Gattung.

Der Fortschritt ist eigentlich nichts Anderes, als eine geistige Entäusserung und Verflüchtigung des Selbstgefühles, das sich hiermit nur noch am Ganzen hat. So wird die Mitempfindung, das Mitgefühl, das wir z. B. mit einem verwundeten Soldaten haben, insofern zu einer tiefen Gemüthstheilnahme, als wir das transponirte mitleidende Ich zum allgemeinen Menschen-Ich erweitern, so dass in diesem Leidensbilde mit Einem Zug die Reinheit des ganzen Menschendaseins vergällt erscheint. Die Barbarei der Feindseligkeit, die Ohnmacht des Einzelnen,

---

* Kritische Gänge. N. F. v. F. Th. Vischer. 5. Heft. S. 155.

all' dies resignirte Zusammenbrechen, Hinrasseln unter dem Ueberschwall des Lebensgetümmels, wie es auf diesem Antlitze geschrieben steht, es wird wiederholt und die ganze Menschheit muss es gleichsam wiederholen und miterleben.

Die Sterblichkeit kann aber auch als Naturgesetz betrachtet werden, das uns ja mindestens eben so nachdrücklich auf unsere Abhängigkeit hinweist, wie die praktischen Gesetze menschlicher Conflikte. —

Wenn der Landmann sieht, wie das Gewitter seine Saat verheert, wie die Lawine sein Haus mit Weib und Kind zerschmettert, wenn er all' diese negativen Oppositionen wahrnimmt, die ihm unausbleiblich und kunstreicher, als der stärkste Kaïnsarm, in das Eigenleben greifen, so mag er leicht auf den Gedanken kommen, dass irgendwelche menschenähnliche, aber übermenschliche Wesen dahinter stecken. Sie stören und bekämpfen ihn, jedoch nicht allerorten und nicht immer. Sie sind also verschiedener Laune, oder theilen sie sich in zwei Parteien. Daher versucht er durch Bitten und Gehorsam gegen ihren muthmasslichen Willen oder auch durch Drohungen auf sie einzuwirken. Der Urmensch kennt überhaupt keine real-mechanischen Ursachen, sondern nur Verursacher oder Begründer und heute noch flucht der Köhler sein Feuer an, wenn es nicht gut brennen will. — Man sieht an der Mythenbildung die ganze Schwierigkeit des natürlich causalen Denkens. Eine Veränderung hat immer etwas sehr Befremdliches. Man möchte es kaum glauben, dass die Sonne auf einmal zur linken, statt zur rechten Seite steht. Der naïve Mensch hilft sich einfach mit dem Beispiel seiner eigenen veränderungsfähigen Handlungen. Er nimmt also einen persönlichen Dirigenten hinter den Dingen an. Entweder muss dieser in ihnen als ihr heimliches Leben existiren, oder da diese Metamorphose des Individuums in eine Sache doch mitunter etwas schwierig fällt, denkt er sich die Dinge als Werke und Werkzeuge von geheimen Gewalthabern. Der Urbewohner eines Steppenlandes, als er das erste Mal zu einem Gebirge kam, mag sich gedacht haben:

das muss einer gemacht haben, der grösser und stärker ist als wir alle!

Die Individualisirung der Natur ist also entweder unmittelbar oder mittelbar persönlich. Der Gott ist entweder in den Dingen, oder er hat die Dinge bei sich zur Hand (Donnerkeil, Sonnenwagen). Im letzteren Falle werden mit Hülfe anderer Erscheinungsformen (besonders der gestaltbaren Wolken) schaffende, treibende und von dem Geschaffenen getragene Urgestalten erfunden, welche das Was der Dinge nur noch als ein Anhängsel der eigenen Person an sich nehmen; ungefähr, wie ich an einem Stock eine Verlängerung meines Armes und Vermehrung meiner Macht fühle. Dies ist eine besondere Art von Formgefühl, welche, wie ein fremdes Reis dem reinen Selbstgefühle eingepfropft, doch eine Fortsetzung desselben genannt werden kann. Im Grunde entspricht sie aber doch dem Verhalten, das wir Anfühlung genannt haben. * — Hier in der mythischen Welt handelt es sich natürlich nicht um ein bloss spielendes Tasten und Beigesellen, sondern um gedankenmässige Urzwecke. Der Gegenstand, mit welchem der Gott ausgestattet ist, gilt nun als Attribut und Mittel einer dämonischen Allwirkung, ausgesprochener Weltherrschaft. Kurzum, das naturnothwendige Gefühlsleben erfüllt sich mit einem mythischen Gehalt. — Ein volles Gemüthsverhältniss zur Natur kommt indessen erst zu Stande, wenn die Naturgötter zu sittlichen Göttern erhoben werden. So lange Wodan bloss der Sturmwind war, lebte er auch nur erst vom Gefühle der Deutschen; als er aber zum obersten Richter und Volksbeschützer avancirte, da war es nun die Andacht des Gemüthes und der Liebe, welche ihm zu Theil wurde. Noch unmittelbar mit der Natur verschmolzen, noch schleimartig Eines mit derselben, behielt der Gott auch ihren zufälligen, dumpfen und dunkel dräuenden Charakter. Erst,

---

* Hievon sind die Gleichnisse zu unterscheiden, welche die Naturform als eine Hülle, als Kleid und Haus des Gottes nehmen. Das ist eine besondere Art von freier Einfühlung (Ausfühlung).

nachdem er vom Naturschlamm gereinigt und als selbständige Gestalt herausgelöst war, bekam er den Ritterschlag wahrer Götterwürde und Götterseligkeit.

Nachdem nun das Gefühl in dieser wechselnden Verhüllung und Entlarvung der Menschengestalt sich ergangen, tritt es jetzt in das dritte, abschliessende Stadium der reinen, freien Formbeseelung, jenes pantheïstischen Naturcultus, der uns auf Schritt und Tritt begegnet, in jedem lebhaften Wort, das gesprochen, in jedem Buche, das geschrieben wird, und löge es sich auch mit allen Mitteln des Scharfsinnes die Bekämpfung des Pantheïsmus vor. Nun hat es keine Noth mehr, eine greifliche, sichtbare Person extra hinein oder daneben zu dichten. Das geschieht jetzt so leise, so unbewusst, dass der transponirte Körper ganz vergessen wird über der eben hiemit transponirten Seele. Jedes und Alles ist Vision und Geist geworden und an Jedes und Alles wird der Canon der Liebe und friedlichen Ordnung, tückischer Wuth und gehässiger Zerstörung gehalten (»denn die Elemente hassen das Gebild der Menschenhand«). Und wenn sich auch die Spielfreude des Vorstellungsgefühles niemals vollkommen enthalten wird, die organischen Formen und Bewegungen ihres physischen Trägers, ihres eigenen Leibes heimlich anklingen zu lassen, so bleibt das doch immer ein »freier Schein« der Phantasie, so behält doch immer die natürliche Wirklichkeit ihre objektive Gestaltung.

Nun besingt der Dichter die brüderlichen Frühlingslüfte, die seligen Inseln, die »schwärmerische« Nacht, den »Vater Aether«. Die einzelnen Raumerscheinungen werden zugleich untereinander in einen ähnlichen tragischen Zusammenhang gebracht, wie ihn der Beschauende von den Naturgesetzen fühlt. Ein Geist der Vergänglichkeit scheint sich wie ein wehmüthiger Thau auf alle Gebilde zu lagern. Der Baum neigt und schüttelt sein Haupt wie ein müdes Menschenkind. Der »zeitgetroffene« Fels staunt empor in die wechselnden Lüfte; doch das »verjüngende Licht« der »ewigen Sonne« strömt »über das alternde Riesenbild und umher grünt lebendiger Epheu.« —

Eine strengere Betonung des rein ästhetischen Verhaltens müsste nun dem Gesagten zufolge eine geistige, gefühlsmässige, ideale Vertiefung des Selbstzweckes constatiren, der ja bisher in der empfindenden Anschauung und Vorstellung nur einen sinnlichen Werth besass. Negativ müsste natürlich ebenso von dem Ausschluss eines geistigen Stoffreizes die Rede sein, wie früher von dem eines leiblichen. Ich fühle, um zu fühlen; das Objekt ist nur Bild, nur Schein und lediglich zum Spielen da. Ich fühle, um das Allgemeine in mir oder in der Welt zu geniessen, und diese vorschwebende Vollkommenheit des Alls trägt mich leicht hinweg über die stockenden, schwierigen Einzelgeschicke. Ebenso ist das Inwiefern des Formgenusses nicht mehr eine bloss körperliche, sondern zugleich eine geistige, immanente Aehnlichkeit. Das selbstgeschaffene, angeborne Urbild ist nun getränkt mit dem Massstab einer harmonischen Idee. Kurzum, die Idealität der Phantasie hat sich herausgebildet.

Der Phantasiewille.

Schon bisher habe ich an mehreren Stellen den Unterschied des
rein ästhetischen Verhaltens von dem pathologischen einer erpichten
Willensbestrebung (Gier und Tendenz) hervorgehoben. Dies ist eigentlich nur Bekanntes und basirt auf dem Kantischen Satze: der Ge-
schmack ist ein Urtheilsvermögen durch ein Wohlgefallen ohne
alles Interesse für die Existenz des Gegenstandes. Dennoch kann nicht
geleugnet werden, dass in gewisser Weise auch hier in der Phantasie-
welt Wünsche und Willensbewegungen eintreten *, und wir werden
seh'n, dass es recht eigentlich ein Willensimpuls ist, welcher die Brücke
zwischen Innenphantasie und Kunst zu schlagen versteht.

Inhalt des Willens ist ursprünglich stets die Befriedigung eines
Lustbedürfnisses. Der Wille geht also wesentlich, sei es nun in der
Vorstellung oder in der Wirklichkeit, auf eine That aus, auf eine thät-
liche Reaktion. Diese nun unterbleibt, wenn wir uns an einem »freien
Scheine« freuen. Wenn sie aber eintritt oder möglich ist, so zerstört
sie denselben.

Mein Lebenswille wird auch im ästhetischen Gebiete von jeder
Erscheinung getroffen und aufgeregt, aber nur uneigentlich, und so
bleibt er bei seiner inneren Gesetztheit. Aller ernstliche, anspruchs-

---

* Das künstlerische Wollen ist „thätige Musse". K. Köstlin. Aesthetik, S. 18.
— Fr. Vischer. Kritische Gänge. N. F. 5. Heft. Kritik meiner Aesthetik. S. 150
„Interesse ohne Interesse".

volle Wille steht insofern dem reinen Vorstellungsgefühle im Weg, als er bald auf einen blendenden Stoffbesitz, bald auf einen abstrakten Zweck hinstrebt, welcher entweder (indirekt) wieder einen nachträglichen Stoffbesitz oder (direkt) ein rein geistiges Gut zum Ziele nehmen kann. — Wir haben von einer bestimmten fühlenden Beschaulichkeit gesprochen, welche den ganzen Menschen in seinem Sinn *und* Geist, welche seine ganze Menschlichkeit beschäftigt. Es handelt sich bei diesem Akt um eine allgemeine Bedeutung, die dem einzelnen Gegenstand an sich gar nicht zukommt, welche innerlicher Weise in ihn hineingelegt worden ist. Dieses wäre unmöglich, wenn eine eigentliche willensmässige Anziehung stattfände. Das Stoffliche und stofflich Bestrickende in der Form, so sehr es ursprünglich Voraussetzung alles Formgefühles war, wird vergessen, indem die allgemeine, ganze, selbstlose Kraft des Gemüthes dasselbe durchdrungen hat. — Es handelt sich um eine Vergeistigung, um eine Vermenschlichung der Raumkörper, welche so vollkommen, wie ich sie eben einmal bedarf, nur von weitem in der inneren Vorstellung möglich ist. Lass' ich mich einmal auf eine Willensvollziehung ein, so stecke ich in der Calamität und Armuth der Vereinzelung und muss mir die Vollkommenheit aus der unendlichen Vielheit der einzelnen Willensäusserungen abstrahiren. Ich kann die Störung nicht brauchen, welche bei jeder unmittelbaren Berührung dadurch entsteht, dass das absolute Anderssein, die Fremdheit eines Objektes sich hiebei so unerbittlich geltend mache; ich will freie, unbeschränkte Einbildung des Scheines einer einzelnen Vollkommenheit. Eine wirkliche, d. h. unvollkommene Einzelheit an sich kann nicht mir selbst, kann nicht dem Ganzen entsprechen; daher hat sie eine isolirende Wirkung. Daher tödtet auch schliesslich die Reaktion alles Gefühl. Die Gier ist stumpf: ich verzehre die Einzelheit, schlinge sie ein, oder verwerfe sie apprehensiv. Sie ist nur unwesentliches Mittel zur Befriedigung eines einseitigen Zweckes. Das Ganze nun kann ich weder verabscheuen noch begehren - und daher braucht es auch keine thätliche Reaktion gegen dasselbe. Es bleibt neutral und unverletzlich.

Wir können nicht an ihm rütteln, können uns nur liebevoll in ihm zufrieden geben.

Es gibt aber auch einen Willen *im* Bilde. Wir sprechen von einem freundlichen, artigen oder störrischen, ungattigen Verhältniss der Formen untereinander und betheiligen uns innerlich an demselben. Die Betheiligung kann ebensogut willensmässig (bewegte Einfühlung, Nachfühlung) als gefühlsmässig genannt werden. Sie ist natürlich auf unserem Gebiete nicht ausgeschlossen, sondern nur frei erhalten durch die beständige Erinnerung einerseits daran, dass die Weltharmonie alle einseitigen Kräfte ausgleicht, anderseits daran, dass es ja nur ein Schein ist. Wir unterscheiden also die *Beziehung unseres Ich zum Objekte* und die *Beziehung der Theile desselben untereinander.* — Indem uns nun aber bei der letzteren die Weltharmonie, resp. unsere eigene Vollkommenheit vorschwebt, finden wir an den Einzelheiten des Naturbildes allerlei zu verdeutlichen. Wir verstärken den Ausdruck ihres Strebens, wir steigern die positive und mildern die negative Kraft. Dies geschieht zunächst in unserem Innern aus einem immanenten Bedürfniss. Das ist nun entschieden ein Willensakt, aber ein ganz unpathologischer: wir stören keine Faser, keinen Athemzug der Wirklichkeit. Wir ordnen nur, wir potenziren das Wesentliche und depotenziren das Unwesentliche, um hiemit das Ganze zu sichern und eine unfreie Reaktion (in und zu der Sache) zu vereiteln.

Zugleich aber erfüllt und erregt uns die *Beziehung zu unserem Nebenmenschen,* der frei praktische Trieb zum Einvernehmen mit unserer Gattung. Gegen diese wendet sich nun, um den Gefühlswerth des Eindruckes fortzupflanzen, die Reaktion des Willens. Und hiemit nun, durch die sichtliche, reale Reproduktion, gelingt ihr auch erst eine wahrhafte, deutliche Reinigung und Klärung des Naturvorbildes.

Ich möchte meinem Mitmenschen zeigen und wiederholen, was in mir vorgeht, was mein Vorstellungswille im Objekte thut. Die eigentliche Reaktion des Phantasiewillens beruht also in der *Nachahmung.*

Was heisst aber für uns Nachahmung, wenn nicht ein einfaches Nachäffen einer lebendigen Gestalt oder Handlung darunter verstanden ist? Diejenige Nachahmung, welche uns hier angeht, ist weder mit der Entstehungsweise des Sensationsobjektes, noch mit seiner gewordenen, seienden Form congruent. Es ist hier wesentlich, dass die Formen des Objektes immer mit den *andern* Formen und Mitteln des Subjektes wiederholt werden. Dieser schwer entwirrbare Akt hat zunächst mit dem Widerstreit des Eigenwillens und des objektiven Willens zu rechnen. Der Drang will die Selbständigkeit seines organischen Ichseins wahren und doch irgendwie einem Andern sich anschmiegen. Die dem Reize entsprechenden Perceptionsbewegungen sind im Grunde schon Imitationen, oder besser Vermittlungen zwischen Subjekt und Objekt. — Ganz negative, untraktable Reize, Alterationen und Störungen kommen hier als Apprehensionen natürlich nicht in Betracht für uns. —

Diesen Imitationen der Perception adäquat theilen sich die ostensiblen Imitationen in zufühlende und nachfühlende und in einfühlende.

Auf solch einem nachahmenden Ausdruck eines Eindruckes beruht ursprünglich Musik und Sprache; auf ihr beruht die Mimik und als starrer Niederschlag derselben die Physiognomik; besonders evident aber das Agiren, welches immer ein willkürliches, d. h. ein durch die Bedingungen des eigenen Körperbaus verdunkeltes Nachbilden von Eindrucksformen ist. Um z. B. etwas breit Aufgerolltes, Prächtiges anzudeuten, werden die Arme ausgebreitet; zum Hinweis auf Grösse und Erhabenheit werden sie erhoben; Wägendem, Zweifelhaftem, Unwahrem gegenüber wird Kopf und Hand geschüttelt.

Das innere Schwingen und Ringen spricht sich also äusserlich als ein analoges Muskelzucken und Gliederregen aus. Jeder sensible Mensch wird von den Eindrücken derart geleitet und besonders seine Hand als das edelste Medium des praktischen Triebes wird magnetisch zu solchen Bewegungen fortgerissen, dass für den Adressaten eine ungefähre Beschreibung von dem Vorgestellten zu Stande kommt. — Nichts ist aber natürlicher, als dass diese Hand, welche in der Luft zeichnet, auch auf einen festen Gegenstand ihr Bild als bleibende Darstellung niederzulegen versucht. Dann aber rechnet die Nachahmung zugleich mit dem beschränkenden Charakter des benutzten Materiales. Aber auch dieses künstlerische Nachbilden, und wäre es noch so stümperhaft, ist ursprünglich die adäquate Resultante eines inneren dynamischen nachlebenden Vorganges. Die Thätigkeit des Auges hat einen Process im ganzen Nervensystem und in der ganzen Seele, im ganzen Menschen erregt. Dieses Nachleben darzustellen ist der versteckte Selbstzweck jedes naiven Bildens und die Meinung, es handle sich um das Naturvorbild, täuscht sich selbst. Wir erblicken daher an jeder einigermassen schwungvollen Nachbildung die Genesis des am Gegenstande entzündeten Phantasiewillens, so dass sich im Vortrage sogar die individuelle Bewegungsart des Künstlers offenbart.

Sofern nun der Künstler keine manierirte, sondern eine von dem allgemeinen Lebensschwung getragene, sofern er eine geistig gesunde und sinnlich geklärte Individualität besitzt, wird es ihm vollends nicht mehr um eine peinliche Nachahmung zu thun sein. Indem er den instinktiven und reflektirten Massstab der menschlichen Normalität auf das Objekt überträgt, schildert er in Allem den vollkommenen Menschen, in Allem seine eigene Miene, wie sie von der illusionären Pracht der Welt verklärt ist. Er harmonisirt die Erscheinung, so dass sie in seiner Hand zu einem vollen Ausdruck der gefühlten menschlichen Harmonie, der Divinität des Alls heranwächst.

Nun erst in der künstlerischen Reaktion erscheint der private Charakter, die Subjektivität der Innenphantasie wahrhaft aufgehoben, weil damit das Bild zum gemeinsamen, allseitig geprüften Eigenthum der Menschen umgestempelt wird. Die verschwommenen, embryonischen Vorstellungsgebilde sind damit mündig gesprochen.

Der Künstler.

Rein subjektiv genommen, beruht also die Phantasie, wenn wir das Resultat der erörterten Mischungstheile erwägen, auf einer warmen gegenseitigen Fühlung zwischen Sinn und Seele, auf einem ehrlichen Bund derselben, worin beide identisch erscheinen, so dass man von einem seelenvollen Auge und einer augenhaften Seele sprechen möchte. — Beide sind freilich von Hause aus identisch; allein immerhin hat sich die geistige Kraft mit dem Verlaufe ihrer Entwicklung der sinnlichen gegenüber gestellt und die Wiedervereinigung beider gelingt nur dem Künstler. Ein pantheïstischer Hang zu vollkommener Gestaltung liegt allerdings bereits im sinnlich unbewussten Leben, aber geweckt und am Einzelnen bewiesen kann er nur dadurch werden, dass die von der Idee der Vollkommenheit überzeugte und begeisterte Seele sich ganz und gar in ihre Sinnlichkeit einströmen lässt. — Das Wechselverhältniss zwischen Sinn und Seele ist also ein absolutes, so dass kein sinnlicher und kein abstrakter Rest abfällt.

Auf dieser inneren Ganzheit beruht nun das eigenthümliche Talent des Künstlers zu collektiver Stoffbewältigung. Dem rein sinnlichen oder rein abstrakten Bewusstsein gelingt bei allem Fleisse doch nur ein sehr langsames Combiniren, weil es jeden Stein aufheben und prüfen muss, auf den es treten will. Ist aber Eile nothwendig, so verzappelt man sich den Sprung durch Reflexion. Die künstlerische

Phantasie * aber ist deshalb so sprungfertig, weil sie unbewusst mit mystischen Ballungen fortschreitet. Sie hat die Theile des Ganzen implicite und erst nachdem sie die Grundzüge hervorgezaubert, nimmt sie den peinlichen Rath der Verständigkeit zu Hülfe.

Doch abgesehen von dem Wie seiner Leistungen verdankt der Künstler dieser Ganzheit, dieser ruhigen Einigkeit in ihm selber überhaupt die Lust zum reinen Betrachten. Er macht die Augen auf; das ist seine auffälligste Gewohnheit. Im Gegensatz zum Stumpfgebornen, welcher immer schwer zusammenklebt mit dem Elemente seiner Umgebung, lebt er in einem ebenso zuthulichen, als reservirten Obstupescere. Weil er die Augen aufmacht, wird er beständig überrascht. Die Dinge sind ihm erstaunlich objektiv. Er schaut sie nicht an wie einer, der zur Bürgerschaft gehört und im Stadtrath mitschwatzt, sondern wie ein schweigender, einsamer Fremdling, der ausgezogen ist, um die Welt als sein ersehntes alter ego zu erspähen, die ganze Welt. Und daher gibt es keine Zeit für ihn, sich in die Einzeltheilnahme zu zerstücken und zu verlieren. Er kommt vom Weltgeist her und schaut so hin über die Werthverkündungen des Lebens als die lächelnde Mitte von Allen. Es bleibt ihm Alles unbenommen, er braucht sich für Keines zu erwehren und doch ist ihm Alles neu; er muss sich immer wieder verwundern über die Eigenart seiner Weltkinder, wie jedes sein besonderes Leben lebt und doch unsterblich bleibt.

Die Kunst ist ebensowohl eine Potenzirung der Sinnlichkeit, als eine höhere Physik der Natur. Wie sie rein subjektiv ist, so ist sie rein objektiv. Denn sie liefert ein allgemein gültiges Produkt und versteht es, die Unbestimmtheit und Haltlosigkeit des Innenlebens sowie das chaotische Durcheinander des Naturlebens zu einer frappanten Gegenständlichkeit, zu einer klaren Spiegelung freier Humanität herauszuarbeiten. Ihr Bild ist nur Form und nur Inhalt, es ist ein klarer

---

* Sie gleicht der realen Ahnung, welche immer aus einer dunklen Cumulation von Schlussreihen besteht.

Quell, dem man ganz auf den Grund sieht, eine reine Bergluft, hoch über den Dünsten der Ebene webend.

Es ist eben gerade recht das Wesen der künstlerischen Idealität, sich nicht selbst ideal zu wissen, sondern sich an einem einzelnen Gegenstande zu reflcktiren. Weit entfernt, das speciale Gepräge desselben zu verwischen, zwingt sie nur den Formtrieb, sich ihr als seiner Urvorstellung anzubilden. Zu dem Zwecke harmonisirt sie ihn und zwar nicht nach einem abstrakten, allgemeinen Canon, sondern nach dem subjektiv concreten, wie ihn der Mensch psychophysisch an sich selber hat.

Und so entlarvt sich uns jedes Kunstwerk als der an einem verwandten Objekte sich harmonisch erfühlende Mensch, als die in harmonischen Formen sich objektivirende Menschlichkeit.

Das künstlerische Umbilden.

a)
Die reine Form und die Stylisirung.

Wir haben gesehen, wie uns die reine Form bedeutsam und seelenvoll erscheinen kann. Als eine reine Form sind wir gewohnt, die anorganische Natur zu betrachten und selbst die organische Gestalt vermögen wir einer ganz formalen Auffassung zu unterwerfen. Dieses ganze Verhalten kann mit dem Worte Formsymbolik bezeichnet werden. Es handelt sich aber für uns um harmonische Formsymbolik. Der einfache Akt der Unterschiebung eines Gefühlsgehaltes muss daher anwachsen zu einer compositionellen und partiellen Umbildung der stets mangelhaft erfundenen Naturformen.

Zunächst entsteht in unserem Inneren ein kollektiver Plan. Die Zufühlung erzeugt mit einem raschen Blicke ein Totalbild, worin die Beleuchtungs- und Körpermassen in ein ungefähres Gleichgewicht gebracht, worin die Einzeltheile oder Nebenformen den Grund- oder Hauptformen untergeordnet sind.

Gedrängt von dem Bedürfniss einer Läuterung des Formgeistes und einer Sicherung gründiger Lebensgefühle gegen die Anmassungen des Bagatells, geht die Kunst stets darauf aus, das Wesentliche, die Dominante der Erscheinung zu befreien und zu ihrer wahren Geltung zu bringen. Dies gelingt aber wahrhaft erst damit, dass das ganze innere Naturbild herausgeformt und dargestellt wird. Die Harmonisirung entwickelt sich mit der Stylisirung. Wir haben also ein Pendant von · dem innerlichen Verhalten des Schauens und Nachfühlens. Hier wird aber das Objekt durch den genetischen Zeitakt nicht nur evolvirt und näher bestimmt, sondern auch realisirt. Das harmonische Ensemble erhebt sich solchermassen zu einer rhythmischen Bewegung und obgleich es mit dem letzten Handgriffe des Künstlers wieder zu der früheren Simultaneïtät zurückgeführt ist, fühlt man doch die Bewegung immer noch heraus. Die gesetzmässige Ordnung und Abtheilung des Ganzen erscheint nun zugleich als ein reiner und freier Schwung der Pinsel- und Meisselführung, der seine natürlich abgesteckten Ruhepunkte hat, der zwischen Wiederholung und Veränderung seiner Bewegungsläufe wohlthätig · abzuwechseln weiss. — Wir können daher jetzt, da wir ein geschaffenes Abbild der Natur haben, ebensowohl von einer **Symbolik des Vortrags** (vom stürmischen Charakter, von der rauschenden Energie der Rubens'schen Technik u. a.) sprechen, wie von einer Symbolik der reinen (Natur-) Form.

Eben hierauf beruht das specifische Wesen des künstlerischen, d. h. des technischen Interesses. Wie in der formalen Natursymbolik die subjektive Körperintention ganz emancipirt wurde von jeder wirklichen Objektivität, so sehen wir in der Kunst zunächst völlig ab von einem gegenständlichen Gehalt und nehmen das Bild rein nach seiner *äussern* Erscheinung.

Die Darstellung, als ein genetischer Zeitakt, ist aber nicht etwa bloss eine Analogie der Nachfühlung, sondern vielmehr eine identische Consequenz derselben. Weil sie aber äusserlich ist, kommt nun auch die sinnliche Prämisse, das handliche Tasten, das Nachempfinden wieder zu grösserer Geltung. Wie dasselbe früher weckende und leitende Ursache des Gefühles war, so ist es jetzt wieder sein Ausdrucksmittel.

Gleich dem innerlich Nachfühlenden arbeitet nun der darstellende Künstler, als solcher, immer von Aussen nach Innen. Dieses Innere kann sich entweder auf die Phantasie des Beschauers beziehen oder zugleich objektiv auf einen darzustellenden scheinbaren oder wirklich individuellen Inhalt (Anfühlung zum Zweck der Einfühlung). Einen solchen kann er aber (wie bei der zufühlenden Composition) nur innerlich, also vorher, vor der Darstellung umgestalten. Die Art, *wie* er darstellt, wird immer für sich einen stylistischen, subjektiven Werth behalten.

Es gibt zwar ein rein mechanisches Bilden seelenloser, abgestumpfter Künstlerhände (Routine. Mache. Vgl. Photographie). Doch häufig wird auch die technische Thätigkeit eines edlen Künstlers als ein handwerksmässiges, d. h. gefühlloses Attribut der ästhetischen Produktion bezeichnet und lediglich auf den Werth des dargestellten Gegenstandes verwiesen. Diese Verachtung der unmittelbaren Ausdrucksweise des Künstlers kann ich nicht verstehen. Erstens zeigt er uns damit überhaupt seinen Charakter und zweitens zeigt er denselben in einer bestimmten Modifikation, welche von der Sensation des Gegenstandes herrührt. Also fehlt es durchaus nicht an Inhalt und »Idee«.

b)

Die unbewusste Kraft der organischen Gestalt und die künstlerische Potenzirung derselben. (Organisirung *).

Die Stylisirung realisirt nicht nur den zugefühlten allgemeinen Compositionsplan, sondern auch das eingefühlte stereometrische Congre-

---

* Der Ausdruck Organisirung würde sich durch seine Kürze und durch seine den Begriffen Stylisirung und Idealisirung entsprechende Fassung sehr empfehlen, wenn er nicht dem gewöhnlichen Gebrauche widersprechen würde, welcher ein äusserliches Ordnen und Arrangiren darunter versteht.

tum. Erst mit dieser Realisation wird dasselbe so völlig potenzirt, wie es die vorschwebende Körpernorm verlangt.

Trifft nun aber unsere Gefühlsversetzung mit einem organischen Objektsinhalte zusammen, so fragt sich zuvörderst, ob dieser unbewusst, d. h. leiblich, pflanzenhaft, oder bewusst, d. h. geistig ist; näher, ob derselbe als dieser oder jener aufgefasst wird.

Ein Gegenstand, der uns nicht sowohl ein Leben bedeutet, als selber eines für sich hat, erscheint uns, wenn er *unbewusst* ist, ausdrucksvoll. Die Kunst aber begnügt sich nicht mit der ausdrucksvollen Körpergestalt, weil diese immer mehr oder weniger verheimlicht und verbuttet ist. Sie strebt darnach, den »Lebensfond«, die »Lebensfähigkeit« * herauszuarbeiten. Die organischen Intentionen müssen herauskommen und sich entladen. Die Schlaffheit des Zusammenhangs der Theile muss adstringirt, die Selbständigkeit dieses schlecht disciplinirten Theildaseins muss zum körperlichen Centrum zurückgezwungen, alles Ueberflüssige, welches da heraustaumelt über die natürlichen Grenzen, muss getilgt oder gemässigt werden. — Es gibt ein »ruhiges Pathos des Seins«, ** eine stille Mystik des einfachen, athmenden Leibens und Lebens, worüber der wahre Künstler in das höchste Entzücken gerathen kann. Man betrachte nur die Studien eines Raphaël, Dürer; die Hälfte davon spricht nur durch diese gewächsartige Gediegenheit und durch die erstaunliche Entwirkung desselben (Torso des Herkules. Reiz eines fragmentarischen Gliedes, Armes, Beines).

Zunächst haben wir hiebei natürlich an die Darstellung *vegetabilischer* Gestalten zu denken, dann aber auch allerdings in gewissem Sinne an das Thier- und Menschenbild. Im letzteren Fall ist eben die Art der Verschmelzung des (meines) subjektiven Gefühls mit dem objektiven eine dunkle, träumerische (Barberinischer Faun). — Die menschliche Seele wird nur geahnt; ähnlich, wie in aller sinnlichen Empfindung

---

* M. Unger. Das Wesen der Malerei. S. 130 u. 131.

** K. A. Scherner. Das Leben des Traums. S. 11.

immer ein Ansatz zur Vergeistigung, zum Gefühle enthalten ist. Man könnte sagen: das ist eine Degradirung der menschlichen Existenz; aber doch liegt in diesem sinnlichen Stillleben eine solche Unendlichkeit geistiger Anlage und Vorbereitung, dass von selbst die idealsten Seelenregungen anschiessen. Besonders gegenüber solchen zuständlichen Antiken ist uns oft zu Muthe, als ob wir die ersten naturwüchsigen Menschen schauten, wie sie soeben vom Herrgott geschaffen worden; noch feucht vom Nichtsein, unkundig noch des Lebens und doch dunkel hingenommen von einem Erinnern, als ob das Alles schon einmal empfunden und erlebt worden sei.

Das Princip dieser organischen Lebenspotenzirung ist immer die Wahrheit der Realität, ob sie nun auf eine allgemeine, gattungsmässige Wirkung, oder auf eine individuelle Besonderung derselben ausgeht. Immer wählt sie den positiven Kern zum Ausgangspunkt, immer gibt sie die lebendige Wärme einer treibenden Existenz. Das Innere kommt hier rein im Aeussern zum Austrag, weil es wie dieses sinnlich genommen ist.

Der Grundcharakter dieser Potenzirung ist Ruhe; sie frägt nur nach dem unwillkürlichen Habitus der Raumerfüllung, nach der brütenden Zuständlichkeit. Allerdings kann auch die Bewegung ästhetisch lediglich als eine durch die statischen Körperverhältnisse streng gebundene Raumerfüllung aufgefasst und insofern organistisch, d. h. als eine harmonische Kraft betrachtet werden. Man sollte aber festhalten, dass es sich hier um die Gestalt an sich, abgesehen von einer äusseren Alteration, handelt. Durch die Bewegung treten einzelne Formen und Kräfte einseitig heraus und pointiren so ablenkend auf einen äusserlichen Zweck, auf ein Anderes. Es gibt keinen schlimmeren Feind für die Thätigkeit, welche wir Organisirung nennen möchten, für die angestrebte Darstellung einer sinnlich-concreten, selbständigen Lebensharmonie als den schielenden, zerstreuenden Reiz.

c)

Die bewusste Gestaltidee und die Idealisirung.

Durch die Idee wird Alles Ausdruck eines bestimmten, geistigen Lebens, wird Alles sprechend. Das Sinnliche ist dann nur Transparent des geistigen Inhaltes, der uns um so ergreifender erscheint, je mehr ·er mit unserem Gedanken der Vollkommenheit, mit unserem Ideale übereinstimmt.

Ich brauche nicht noch einmal darauf zurückzukommen, dass die anorganische und unbewusst organische Erscheinung (Pflanze) in harmonisirter Form zu einem ahnungsvollen Symbole von Seelenharmonien wird.

Der Vollständigkeit halber muss noch kurz die Rede sein von der Thier- und Menschengestalt, angesichts welcher eine unmittelbare geistige Einfühlung stattfindet, leicht zusammenrinnend mit ihrem (objektiv) an und für sich schon geistigen Ziele. — Dann aber realisiren wir auf dem äusserlichen Wege der Stylisirung und dem relativ innerlichen der Potenzirung der sinnlichen Kraft (Organisirung) auch die ganze Macht des Innengeistes. Die centrale Sammlung der Theile wird zu einer geistigen Absorbirung derselben. Alles erscheint als bestimmte Kunde und Herrschaft der Idee (Blick. Miene). Durch dieses geistige Wecken und Durchläutern der organischen Substanz gewinnen die Gestalten einen unendlichen geistigen Hintergrund, einen Schein von Intimität und Seligkeit. Unser Herz wird unmittelbar ergriffen. Nun erst stehen wir vor der schleierlosen Schönheit. Bisher glaubten wir nur Form und Gestalt zu haben, ahnungslos einer verkappten Idee folgend, jetzt glauben wir nur eine Idee zu haben und vergessen fast den Dank an ihre Repräsentantin, die Form.

Der Künsler nun unternimmt es, diese im Leben der Wirklichkeit stockende Idee zu befreien und makellos herauszubilden. Dies kann er sowohl durch »direkte« als durch »indirekte Idealisirung«. Im ersten Falle macht er eben eine schöne Gestalt, einen Gott, ein Urbild der Gattung, d. h. er realisirt das vorschwebende Ideal ohne alle und jede Rücksicht. Im letzteren Falle wird es ihm mehr um eine energische Individualisirung derselben zu thun sein; er wird die Schönheit einseitig machen, er wird sie beschränken, um die gegen diese Schranken ankämpfende Idee in einen aufleuchtenden, rächenden Contrast zu bringen. Wir glauben dann, wie in einem Palimpsest durch die später aufgesetzten Buchstaben die grosse Hand der Urschrift herauszuerkennen. Solch ein Bild nennt man auch charakteristisch. Man könnte es auch sokratisch nennen: die Schönheit, das Götterbild ist wie der tiefe Sinn der sokratischen Reden in das Fell eines wilden Satyrs gehüllt (vgl. Plato's συμπόσιον).

Beide Fälle, direkte und indirekte Idealisirung, unterliegen ihrerseits wieder einer doppelten Behandlung: entweder der bloss gefühlsmässigen Darstellung einer idealen Kraft und Macht (Farnesischer Herkules) oder der gemüthsmässigen einer idealen Güte und Trefflichkeit (Christus. Luther. »Seelenschönheit«). —

Wir haben bisher nur von der einzelnen Gestalt gesprochen und ihr zugesehn, wie sie (ohne alle äussern Zeichen und Attribute) sich noch nachdenklich mit ihrer Idee beschäftigt (Dürer's vier Apostel). Die Kunst sieht aber ihr höchstes Ziel darin, einen bewegten Conflikt von Kräften darzustellen. Mit Recht nennt gewiss der Dichter diesen Zweck seinen eigentlichen Beruf. Allein für die bildende Kunst war und ist es immer eine gewagte Aufgabe, weil bei allen handelnden und redenden Beziehungen ein solches Uebergewicht auf den geistigen Pol fällt, dass sie gar leicht hiemit ihre eigenste Sphäre, die Welt der reinen Anschaulichkeit und Leibhaftigkeit preisgibt und sich ihrer wahren Existenz entäussert. Die deutschen Maler haben neben einer grossen Neigung für gedankenhafte, stoffliche Effekte doch auch wieder stets eine etwas schwerfällige, aber gesunde Abneigung gehabt gegen das Darstellen von bewegten, aufgerührten Scenen. Die Romanen dagegen haben aber hierin Erstaunliches geleistet. Aber wir kennen auch die Excesse dieser Entäusserung der Einzelgestalten, die Wirbel des Barockstyls und die Feuerwerke der Effekthascher.

Der bildende Künstler soll Freude an der Bewegung als einer solchen haben und zunächst ganz absehn von ihrem Motive. Die Bewegung ist immer die Form der Beziehung zwischen den Formen der einzelnen Körper. Sind diese nun bewusste Individuen, so mengt sich ein abstrakter Begriff, eine reflektirende Spannung in die Anschaulichkeit der Bewegung, der Begriff der Ursache und Wirkung. In dem Moment aber, wo mich dieser beschäftigt, wird mir auch die reine objektive Bildwirkung gestört; ich verhalte mich halb poëtisch zum Gegenstand, ich sehe Geister herhuschen neben den sichtbaren Gestalten Dieselben werden mir leicht zu Buchstaben, welche die Wahrheit in der Leere zwischen den Zeilen zeigen. — Es handelt sich nun eben darum, dass der Künstler diese poëtische Abstraktion ganz anschaulich, ganz gefühlsmässig in der bewegten Gestalt zu sammeln versteht, so dass implicite aus ihr leuchtet, was sie explicite thut, so dass sie Mikrokosmos für sich bleibt. — Andrerseits muss die Vielheit der Erscheinungen harmonisch zu einer Gesammtindividualität zusammenfluthen welche ihre inneren Wechselbeziehungen versöhnend umfasst und zusammenhält.

Diese Wechselbeziehungen können nun rein gefühlsmässiger, rein willensmässiger Natur sein. Wir wollen die Energie eines Lebensaktes dargestellt haben, sei es nun in der specifischen Aktion Eines Individuums, oder einer Gesellschaft, Gemeinde etc., sei es in geschichtlichen oder mythischen Thaten. — Eine im besten Sinne poëtische Wirkung tritt aber ein, wenn sich hiemit eine gemüthvolle Versöhnung verbindet, wenn sich die Weihe der Güte und Liebe, der menschlichen Rührung über die Gestalten ausgegossen hat.

Inhalts-Verzeichniss.